Benjamin Castaldi
avec la collaboration de Jean-Michel Caradec'h

# Maintenant, il faudra tout se dire...

Albin Michel

*Pour ma mère,*
*à Flavie,*
*à nos enfants,*
*à ma sœur Clémentine.*

# 1

Nous devions aller à l'Olympia écouter une chanteuse japonaise. Montand était venu me chercher en voiture, place Dauphine. Pas une Porsche, peut-être une Ferrari. Une belle voiture, comme il les avait toujours aimées. Il portait des lunettes de soleil, bien qu'il ne fît pas très beau et presque déjà nuit. Il donnait de petits coups d'accélérateur, écoutant le moteur vrombir, ses mains étaient posées sur le volant, gantées moitié cuir fauve, moitié coton blanc à grosses mailles. Montand conduisait toujours avec des gants, ceux qu'on appelle des gants de conduite, protégeant ses grandes mains auxquelles il était très attentif. Je crois aussi qu'il trouvait ça chic.

– Dépêche-toi, je ne veux pas être en retard !

J'avais dix-huit ans, je m'affalai avec bonheur sur le siège en cuir, respirant l'odeur de neuf cossu et de confort luxueux que j'ai toujours associée à Montand. Il portait un pardessus pied-de-poule en poil de chameau, et une casquette façon tweed – ce devait être du cachemire – qu'il appelait son genre « an-glish ». Je l'admirais, je l'enviais. Il conduisait avec assurance, sans brutalité, ménageant la carrosserie et le moteur de son bolide, indifférent aux regards curieux que les automobilistes portaient sur son équipage. Je buvais du petit-lait. Il avait mis la radio, en sourdine, « pour qu'on puisse écouter le bruit du moteur », disait-il, ce qui me ravissait. « *Happy birthday to you... Happy birthday... to you... Happy birthday to you... Mister... President-e...* » Je ne disais pas un mot, laissant la voix rauque et chaude me hérisser délicieusement l'épiderme. Montand tourna vers moi son sourire de grand prédateur.

– Elle est toujours bandante, non ?

J'avais dix-huit ans et je ricanai. Depuis quelques mois, Montand affectait de me parler en homme, c'est-à-dire de sexe. J'étais carrément terrifié lorsqu'il abordait ce thème : je passais à la question. Comment s'appelle-t-elle ? Comment est-elle faite ? Combien de fois par nuit ? Elle aime ça ? Que lui répondre ? Que je n'avais pas envie d'en parler – surtout à lui –, que j'avais peur des mauvaises réponses, des regards amusés, égrillards ou, pire, ironiques. Que j'avais envie de vivre ça secrètement, tendrement. Que je voulais expérimenter par moi-même le mystère, et surtout que j'étais mal à l'aise devant lui, le grand séducteur, l'homme à femmes. Il guettait mes réponses, alors j'en rajoutais jusqu'au moment où je surprenais dans ses yeux une lueur moqueuse : j'étais allé trop loin ! Mais je sentais aussi chez lui cette quête de félicités anciennes mais bien vivaces. Je discernais, confusément alors, dans ce questionnaire indiscret, la souffrance du vieillard insuffisant qui se venge en tourmentant un jeune homme, oscillant au seuil de plaisirs que lui ne connaîtrait plus.

– Tu es au courant que j'ai eu une petite aventure avec Marilyn ?

Comment ne pas l'être ? Le monde entier l'était !

– Oui, oui, je suis au courant.

Au fond de moi, j'étais soulagé, j'allais échapper à l'interrogatoire. Montand était dans sa veine nostalgique : l'évocation de ses vieux coups. Je m'installai plus confortablement.

– Je vais te raconter comment ça s'est réellement passé. On a dit tant de conneries... Tu vois, petit, au début, je ne voulais pas vraiment... j'étais pas intéressé... C'est elle qui venait me voir dans ma chambre.

Ce n'était jamais Montand qui draguait les femmes, il se présentait toujours comme un objet de convoitise. Je connaissais ce refrain, il me l'avait déjà sorti lors d'évocations précédentes. J'étais censé manifester un étonnement admiratif.

– C'est elle qui t'a dragué ? Marilyn ?

Il sourit alors. De ce sourire, faussement modeste, qui avait toutes les caractéristiques de la fatuité faite homme. Il pencha la tête de côté en faisant la moue pour exprimer son embarras devant ce don du ciel qu'il ne s'expliquait pas.

– C'est comme ça.

– Et alors ?

– Nous habitions dans deux petits bungalows à Hollywood. Un soir, en rentrant de tournage, c'était *Le Milliardaire*, on m'a dit qu'elle était malade. J'ai décidé de lui rendre une visite... mais sans intention... juste parce que c'était ma partenaire et une bonne copine.

– Vraiment ?

– Je t'assure ! Bon, elle habitait un bungalow prêté par les studios, tout décoré en blanc. Tu vois, la moquette, les murs, le canapé, le lit... Et elle, toute blonde dedans.

– Habillée de Chanel N° 5 !

Montand n'aimait pas qu'on l'interrompe, il me jeta un regard agacé.

– Tu veux savoir la suite, ou tu préfères faire le cacou[1] ?

– Continue, s'il te plaît.

– Elle était allongée sur le lit, dans une sorte de déshabillé blanc. Hé ! Je m'approche d'elle et je lui dis : « *You are sick, baby !* »

Je me retiens de pouffer comme chaque fois que Montand parle « an-glish ».

– Elle me dit qu'elle a de la fièvre, qu'elle n'est pas bien. Alors moi, machinalement, je m'assois sur le lit et je lui prends la main. Je lui demande si elle a besoin de quelque chose. Elle me répond qu'elle voudrait bien un verre d'eau. Je m'exécute et je vais

1. Expression marseillaise affectueuse pour désigner un jeune con.

le lui chercher à la cuisine. Elle avait l'air mourante. Enfin presque... On a parlé un peu et puis, au moment de lui dire au revoir, je me suis penché vers elle pour lui faire une bise. Je voulais juste l'embrasser pour lui dire au revoir... comme on dit au revoir. Et là, ça a ripé... On s'est embrassés, mais pas pour se dire au revoir. Après on a fait l'amour.

Montand se tait. Je romps le silence après un laps de temps décent avant de l'arracher à ses souvenirs.

– Et c'était comment ?

– Elle n'était pas bien foutue. Elle avait de beaux seins, mais le reste n'était pas terrible.

– Tu étais amoureux ?

– Non, je n'étais pas amoureux d'elle, en même temps cette histoire m'avait tourné la tête.

Je n'ose pousser plus loin. Ni surtout évoquer le nom qui nous hante tous les deux : « Et Mamie ? » Je préfère me taire et le laisser continuer... s'il le veut.

– Ta grand-mère, à l'époque, elle a fait de belles phrases, du genre : « Vous connaissez beaucoup d'hommes qui auraient résisté à Marilyn ! » mais cela s'est passé beaucoup plus difficilement avec elle... Tu sais, petit, c'était facile d'être l'amant de « Casque d'or », mais il a fallu beaucoup d'amour pour rester avec « Madame Rosa »...

Montand se tait une nouvelle fois et se concentre sur la conduite. Nous pensons tous les deux à elle. Je laisse mes pensées vagabonder.

Mamie...

J'essaie de revoir son visage de l'époque. J'avais quinze ans lorsqu'elle est morte. Je n'arrive même pas à me souvenir de la dernière fois où je l'ai vue debout. Mes dernières vacances à Autheuil, sans aucun doute. Une fin de journée d'un mois d'août s'achevant. Le bruit des graviers dans la cour, certainement un baiser sur la bouche, une caresse sur mes cheveux et moi qui ne pense déjà qu'à retrouver Paris, les copains, l'école Saint-Michel... Que m'a-t-elle dit ce jour-là ? « À bientôt ! »... « Travaille bien ! »... « Termine le livre... » Elle a dû me parler du livre. Elle venait de publier *Adieu Volodia*, son premier roman. Tous les après-midi, après le déjeuner, elle m'en faisait lire plusieurs pages à haute voix. Pourquoi voulait-elle que je lise ce livre ? Elle y tenait absolument, m'interrogeait pour savoir si j'avais compris, si j'aimais, si je percevais telle nuance, le sens caché d'une phrase, d'une description... Ça m'emmerdait ! Je traînais les pieds, je faisais semblant de buter sur les mots. Et fin du fin, alors qu'elle me posait une question simple, je la regardais, muet, en prenant l'air le plus ahuri possible. Elle levait les yeux au ciel mais ne se lassait jamais, questionnait, m'expliquait... sans trêve. Elle trouvait que je ne lisais pas assez ! C'était son drame.

– Benji, au moins tu auras lu un livre dans ta vie !

– Oui, Mamie.

On ne l'a pas fini ensemble, ce livre. Il s'en fallait encore d'une bonne cinquantaine de pages lorsque la fin des vacances sonna ma délivrance. Mais je l'ai quand même terminé. Plus tard, debout devant sa tombe, je lui ai lu les dernières pages, à haute voix, en sanglotant. Un peu inquiet tout de même que l'on m'aperçoive ainsi, un livre à la main, déclamant, le visage baigné de larmes. Les promeneurs passaient, pensifs, impassibles. On voit tant de choses étranges au Père-Lachaise. Ce fut notre dernier été. L'été 1985, cette année de mes quinze ans, je suis resté à Autheuil les deux mois de vacances. Je m'en souviens parfaitement, un été différent. Mamie était malade, très malade. Elle était condamnée, mais on me l'avait caché. Elle était arrivée en ambulance mi-août, juste après son opération. Je me souviens surtout des photographes qui cernaient la propriété. Ma mère menaçait de leur « casser la tête ». Donc rien n'avait vraiment changé et je m'accommodais de son retour, comme si tout était rentré dans l'ordre.

Les familiers de la maison lui rendaient visite. Marina Vlady était là en permanence et le professeur Léon Schwartzenberg venait régulièrement, puis il s'installa définitivement. Cela aurait dû m'intriguer, mais je les voyais si souvent à Autheuil qu'ils faisaient partie de mon paysage. Pourtant je comprenais bien que, de temps à autre, Mamie souffrait. Elle se tenait le ventre qu'elle protégeait avec un coussin serré contre elle. Je revois très nettement cette image, sa silhouette déformée par ce coussin plaqué sur elle comme une dérisoire armure, ses épaules et sa tête penchées en avant, elle s'enroulait autour de ce gros ventre douloureux, comme un fœtus. Lorsque la douleur lui laissait un peu de répit, elle retrouvait toute son autorité pour me faire venir auprès d'elle. Elle était presque aveugle et continuait à fumer clope sur clope. Lorsqu'elle voulait en allumer une, elle devait toucher la flamme avec le doigt pour pouvoir l'approcher de l'extrémité de sa cigarette. J'étais horrifié par ce geste parce que je discernais dans son regard qu'elle ne voyait plus rien. Elle me demandait alors de lui lire son courrier. Ce fut un drôle d'été. Les gens lui parlaient d'un ton faussement enjoué, et faisaient des messes basses dans son dos. Tout le monde savait, sauf Montand et moi. On a fini par le dire à Montand pour éviter qu'il ne se montre trop dur envers elle. Enfin, « dur » : il était comme il était ! Je crois qu'il avait peur, surtout.

Mamie s'efforçait d'assister aux repas lorsqu'il était là. Elle se maquillait, soignait sa tenue, souriait. Lui arrivait de quelque part en parlant fort et en agitant les bras. Les débats avaient toujours lieu pendant les repas. À table, il y avait Patrice Chéreau ou Jean-Claude Dauphin ou Jorge Semprun et ça discutait ferme. Dans la salle à manger, on avait épinglé au mur une grande carte, un planisphère, et lors des controverses, surtout à propos de l'URSS, Montand se levait et argumentait en gesticulant : Cuba, l'Afghanistan, l'Ukraine, le Salvador, le Viêtnam... J'ai appris ma géographie sur cette carte : j'étais devenu incollable en histoire-géo.

Montand jouait le maître d'école et montait en régime, ce n'était pas un calme. Puis, quand il avait terminé, il croisait ses grandes mains poilues, constellées de taches brunes – « comme les mains de mon père », disait-il – et il faisait claquer ses doigts sur ses phalanges l'une après l'autre. Cela faisait comme une musique, et tout le monde se taisait pendant ce concert. C'était son argument final. Après, il partait.

À Autheuil, tout le monde fumait à table. Mamie en était à deux paquets par jour et lui venait d'arrêter. Il disparaissait pour éviter la tentation. Alors quelqu'un relançait la conversation et Mamie, se tournant vers moi avec tendresse, coupait l'un des convives en disant bien fort : « Et toi, mon petit-fils, qu'en penses-tu ? » Les autres s'apercevaient enfin de ma présence et je me retrouvais au centre de l'intérêt général. Les têtes tournées vers moi attendaient une réaction. Je balbutiais quelques onomatopées : « Euh... bah », tentant maladroitement de dissimuler mon malaise. L'assemblée, amusée, me servait des sourires courtois qui ne faisaient qu'augmenter ma gêne. La honte me dévorait. D'autant qu'à l'époque – j'avais treize ans – j'étais amoureux de Christine Ockrent qui venait souvent à Autheuil avec Bernard Kouchner, dont j'étais un peu jaloux. J'avais fini par le prendre en grippe parce qu'il avait voulu que Mamie accueille, quelques années plus tôt, des *boat people* ! L'idée d'héberger ces déshérités nord-vietnamiens, dont j'avais vu à la télévision les images terribles des camps, me scandalisait. Je ne pouvais pas imaginer qu'ils investissent mon « château » ou même qu'ils se baignent dans ma piscine. Déjà que la moitié du village venait régulièrement y barboter ! J'avais bien tenté d'aborder sournoisement le problème avec Mamie mais, devant son regard courroucé, j'avais vite fait marche arrière. Nous n'avons d'ailleurs jamais eu de *boat people* à la maison. Le devoir de solidarité de Mamie s'est borné à en loger quelques-uns à Paris. Son engagement était surtout intellectuel.

Christine Ockrent était l'un de mes grands fantasmes. Un jour, elle avait acheté – comme ça, en cinq minutes – une BMW 323 blanche chez le concessionnaire d'Évreux. Je m'étais dit : « Ça, c'est une gonzesse ! » Je trouvais que son geste était le summum de la classe. Et surtout, elle présentait le journal de vingt heures ! Elle était dans « le poste ». Pour la première fois j'ai pensé : « Nous, nous fréquentons vraiment quelqu'un d'important ! » Lorsqu'elle intervenait à table, avec son timbre de voix particulier, j'avais l'impression d'écouter les informations. Je la dévorais des yeux et des oreilles.

Montand vient de garer la voiture devant l'entrée des artistes de l'Olympia. Les chasseurs d'autographes – il y en a toujours une grappe, ici ou là, qui attend obstinément une star, n'importe laquelle –

en agitant stylos et carnets. Ils sont comme ces pigeons de Paris becquetant frénétiquement une poignée de maïs avant de s'en retourner dans un coin, collés les uns contre les autres, une patte repliée sous l'aile pour se protéger du froid. Montand signe en souriant. La routine. Nous passons par les coulisses. Il connaît tous les « machinos » et les salue affectueusement. Il devient alors Monsieur Montand ou simplement Yves. Il se redresse, change de démarche, respire l'odeur du théâtre. Il arpente comme un roi les tristes couloirs de l'envers du décor, brûlant de jaillir en pleine lumière. Je le suis à quelques pas : il m'a complètement oublié.

## 2

Je fus un enfant roi. D'ailleurs, il n'y a qu'aux enfants rois qu'une mère consacre plusieurs pages d'un livre pour en raconter la naissance ! Je n'ai gardé aucun souvenir de ces moments primordiaux. Je crois que ma toute première aspiration d'autonomie et d'emprise sur le monde fut la volonté, très tôt, de devenir une *star*. Cet objectif m'apparaissait accessible. Il ne s'agissait là que d'une simple manifestation d'un droit qui me semblait acquis.

J'avais un palais.

On l'appelait « la maison d'Autheuil » ou plus simplement « le château », ou encore « chez Mamie ». J'y séjournais pendant les grandes vacances, et souvent le week-end. Mamie et Montand en occupaient le corps principal, ma mère et moi avions nos appartements dans l'aile. C'était au premier étage, juste au-dessus de la cuisine et du logement des gardiens. Il y avait un grand salon plein de bouquins et de trophées de chasse dont je me demande d'où ils pouvaient bien provenir, personne n'étant chasseur dans la famille. Au milieu de ce cimetière d'animaux accrochés au mur, une tête de biche m'impressionnait particulièrement. Ses gros yeux en verre ont hanté mon enfance, je m'attendais à tout instant à en voir couler des larmes. Aucun adulte ne se doute des ravages que la mort de la maman de Bambi a provoqués dans l'imagination de plusieurs générations de jeunes et tendres esprits ! Je n'obtins qu'après plusieurs années de cauchemars que l'on décroche enfin la tête coupée pour lui donner une sépulture décente, au fond d'un débarras, où elle pouvait pleurer tout son saoul, loin de mes nuits.

L'autre objet mémorable de cet appartement se trouvait dans la salle de bains. C'était une baignoire à l'ancienne, avec des pattes de lion ou de quelque autre animal griffu, posée sur le carrelage comme une grosse marmite. J'y ai pris des bains durant toute mon enfance, dans une eau qui refroidissait tellement vite que j'étais obligé de me recroqueviller sous le robinet d'eau chaude pour obtenir un peu de chaleur. J'avais constamment les pieds glacés lorsque je laissais mes jambes barboter dans cette immensité liquide. Petit, des bras m'y déposaient, m'y lâchaient plutôt, comme un têtard dans un étang. Plus tard, j'escaladais seul la paroi pour me glisser dans ce chaudron de sorcière, redoutant d'y perdre pied et souffle.

J'imaginais de subtiles améliorations, inspirées peut-être par quelques lectures, bien qu'elles fussent rares, plus vraisemblablement sous l'influence des *toons* qu'on appelait alors des dessins animés. Un soir, l'idée me traversa l'esprit d'entasser du bois sous cette baignoire, dans l'intention d'y allumer le feu pour réchauffer l'eau. Un escabeau, judicieusement placé, devait me permettre de pénétrer plus facilement dans la géante. Ces manifestations d'un sens pratique en gestation auraient sans doute provoqué les hurlements scandalisés de la bonne Marcelle qui présidait, en l'absence de ma mère, à la cérémonie du bain. J'abandonnai bien vite cette entreprise malheureuse : un petit prince ne doit pas s'exercer à des travaux manuels sous peine de grandes catastrophes. On sait ce qu'il advint du roi Louis et de ses talents de serrurier.

Des livres qui ornaient les murs du salon, je garde le souvenir de cette formidable encyclopédie illustrée, en vingt-deux volumes, sur la Seconde Guerre mondiale. J'y acquis le goût des cartes militaires ; du récit détaillé des batailles terrestres et maritimes ; de la description exacte des engins et des armes engagés (poids, capacité de tir, calibre, nombre de coups par minute, défaut dans la cuirasse, etc.). J'étais fasciné par les uniformes et imbattable sur le nombre de morts, de blessés lors de chaque bataille ; je dévorais les témoignages épiques et héroïques, les décisions et les ordres des QG, HQG, Head Quarter, Kommandantur... Je cultivais avec gourmandise le langage militaire et ses savoureuses expressions. Le *tournant de la guerre* me faisait battre le cœur et comment rester indifférent à l'*assaut final* surtout lorsqu'il se traduisait par des *pertes raisonnables* et des *gains de terrain substantiels* ? Je n'envisageais pas pour autant de faire *carrière* dans les armes. L'idée de devenir une « figure » militaire ne m'a même jamais effleuré. Je n'étais pas fait pour l'héroïsme, et j'avais parfaitement conscience que le chemin pour devenir généralissime, ou à la limite maréchal de France, comportait des périls et exigeait des sacrifices dont je redoutais la rigueur. La guerre est plus belle dans les livres.

Je devais, peu de temps après, bénir le souvenir des vingt-deux volumes de l'encyclopédie. Ce fut le jour du bac, lorsqu'on distribua le sujet de l'épreuve d'histoire : « L'URSS et la Seconde Guerre mondiale ». Je n'eus qu'à évoquer mes longues heures de lecture, les jours de pluie, pour qu'apparaissent dans ma mémoire les steppes enneigées avec au loin les lueurs sanglantes des incendies sur la Volga, tandis que retentit le chant martial entonné par des hordes d'« ouvriers paysans » : « La, la-la, la-la-la, la-la... sous les ordres du “Grand Lénine”, montent, montent les Partisans... » Les aventures de Joseph Staline *against* Adolf Hitler me valurent un dix-neuf sur vingt, ce qui eut, il me faut l'avouer, une influence déterminante sur le résultat final de l'examen.

Ma seconde source de culture générale était la collection complète des *Tintin*, et quelques livres érotiques que j'allais dérober dans la chambre de Montand. J'ai lu assez tôt le *Kama Sutra* dans une riche édition illustrée. C'est le seul livre que l'on est obligé de lire en le tournant dans tous les sens. Pour un garçon de huit ans, la forme « bande dessinée » est assez plaisante, avec ces personnages qui se tortillent dans chaque case comme les lettres d'un alphabet ésotérique. Toutefois, je trouvais que la représentation largement disproportionnée des attributs virils n'invitait pas à la comparaison, géométriquement humiliante. Quant à l'image du sexe féminin, immense œil, vide et vertical, aux paupières vieux rose bordées de cils épais, elle était carrément effrayante. Heureusement, ma culture sur le sujet s'est rapidement enrichie de quelques numéros de *Lui* et de *Playboy* planqués dans le bureau de Montand. Pour emporter dans ma chambre ces lectures interdites, qui me mettaient le feu aux joues, j'empruntais le corridor qui menait à l'étage des appartements de Mamie et de Montand. Je passais d'abord par un couloir où, devant la porte de la chambre de Mamie, se trouvait un petit meuble dans lequel elle cachait ses cigarettes et son Toblerone. Elle en dévorait chaque jour des tablettes entières et dissimulait, à portée de main, des dizaines de plaquettes de chocolat et des cartouches de cigarettes.

Autheuil était la maison des réserves. Peut-être par peur de manquer, on y stockait en permanence des boîtes de conserve, des bouteilles d'eau minérale, des kilos de pâtes, de riz et de haricots secs. Les marchandises entassées dans cette maison auraient permis de nourrir un régiment, et le garde-manger ressemblait à la caverne d'Ali Baba. L'avantage était que je pouvais piquer ce que je voulais sans que personne s'en aperçoive.

Un peu plus loin, il y avait le bureau, où Montand entreposait les armes qu'il avait utilisées dans ses films, dont le célèbre Police Python 357 Magnum – que je dérobais régulièrement pour jouer au gangster –, et ses magazines érotiques. Il m'était formellement interdit de toucher aux uns et aux autres. Les armes et le sexe sont pourtant encore plus excitants lorsqu'ils ont le parfum des fruits défendus ! Je déployais donc des trésors de subtilité pour posséder, ne fût-ce qu'un moment, ces emblématiques objets de désir sans que leur propriétaire s'en rende compte. Je notais soigneusement leur emplacement et leur disposition afin de les remettre exactement à la même place. Puis je les dissimulais sous ma chemise ou dans mon pantalon pour les rapporter jusque dans ma chambre. J'ai longtemps entreposé sous mon lit un véritable arsenal : le Police Python et le célèbre fusil à lunette du *Cercle rouge*, tous convenablement chargés par mes soins.

La plupart du temps, mes explorations indiscrètes se déroulaient sans réel danger, le « château » étant le plus souvent déserté et livré à mes investigations solitaires. J'évitais la chambre de Mamie et sa salle de bains en faïence bleue, de la même couleur que ses yeux. En vérité, j'avais peur de sa sagacité, et j'étais persuadé que, si j'avais fouillé dans sa chambre, elle l'aurait remarqué ! D'autant que son parfum, qui imprégnait chacun de ses vêtements, chaque recoin de sa chambre, faisait tellement partie d'elle que, même en son absence, il semblait monter la garde. Aujourd'hui encore, un effluve de Shalimar suffit pour que mon cœur bondisse et qu'instinctivement mes yeux la cherchent alentour.

Je n'avais pas ces scrupules pour « perquisitionner » la chambre et la salle de bains de Montand. Il avait un meuble à secrets, un marinier, plein de combinaisons et de tiroirs, de tirettes et de leviers. Je passais des heures à essayer de comprendre son fonctionnement. Je n'avais pas l'intention de percer son intimité, je ne me souviens pas d'y avoir jamais trouvé quelque chose d'important ou de confidentiel. Ce que j'aimais, c'était l'idée d'être un grand cambrioleur, ou un espion, fracturant le secrétaire d'un diplomate pour s'emparer de documents qui allaient changer la face du monde ! Je posais à côté de moi, sur le sol, le 357 Magnum, prêt à défendre chèrement ma vie au cas où je serais surpris.

J'aimais également fouiller dans la salle de bains personnelle de Montand, dont les murs étaient recouverts de faïence noire. Toutes ses salles de bains étaient noires : je trouvais cela magnifique. J'aimais toucher ses objets de toilette, la plupart « made in an-gland » et dont il ne se servait certainement pas : bols argentés pour monter la mousse à raser avec un blaireau en pur poil ; flacons de cristal aux fragrances de santal et Aqua di Selva ; rasoirs à l'ancienne aux manches d'écaille et de nacre et dont la lame épaisse était gravée telle une épée de Tolède ; une collection impressionnante de rasoirs électriques, dont le sublime Sunbeam carrossé comme une limousine américaine et que j'utilisai discrètement pour raser mon premier duvet. Puis je passais dans son « dr-ai-ssing » pour fouiller dans les poches de ses vestes en cachemire, en quête d'une petite pièce oubliée ou d'un pascal, un billet de cinq cents francs.

Je fus souvent seul dans la maison d'Autheuil, surtout durant mon enfance : Mamie, qui tournait encore, voyageait, et Montand n'y apparaissait que rarement pendant l'été. Quant à ma mère, entre son travail et ses mauvais souvenirs d'adolescence au « château », elle n'y venait plus que de temps à autre. Je m'élevais donc dans ce cocon soyeux, aussi solitaire qu'un ver de terre qui regarde la Lune, nourri copieusement par Marcelle, servi seul dans la salle à manger au bout de la grande table, coiffé, les mains lavées, tel un de ces aristocrates anglais qui se mettent en smoking pour dîner dans la brousse. L'image n'est pas innocente : à défaut de pouvoir m'exprimer, je laissais travailler mon imagination. Celle-ci se nourrissait des films que je regardais sur un U-matic. Cet appareil, ancêtre du magnétoscope, avait été ramené par Montand des États-Unis et représentait, à l'époque, une petite merveille de technologie. Rare et cher, ce que l'on ne manquait jamais de me rappeler, il m'était formellement interdit d'y toucher. J'avais cependant acquis rapidement, comme les enfants de ma génération, un sens aigu de la manipulation de ces appareils que l'on appelait depuis peu « électroniques » et qui avaient le don de mettre les adultes en transe. Transe que je connus grâce à ces films interdits dont Montand possédait une belle collection. Mon initiation était complète, j'avais maintenant le son et l'image.

L'U-matic était source d'autres grandes joies. Je passais des heures à voir et à revoir les quelques bobines que Montand rapportait à chacun de ses voyages. Il y avait toute la collection de ses propres films, quelques-uns de Mamie, des dizaines de films américains de science-fiction et des westerns. *La Guerre des Mondes* fut à l'origine de mes débuts au cinéma comme producteur-réalisateur. J'avais une douzaine d'années et un grand copain à l'École alsacienne, Thomas Cheysson. Nous étions en cinquième lorsque nous avons conçu notre premier long-métrage. Il nous a fallu presque un an de travail pour en écrire le synopsis. J'avais emprunté d'authentiques scénarios de Montand pour nous servir de modèles et nos efforts aboutirent à l'écriture de *La Fugue* dont le tournage était prévu pour les vacances de Pâques. Nous avions préparé, Thomas et moi, un casting d'enfer, choisi parmi nos condisciples. Il ne restait plus qu'à trouver le décor et une caméra. Le caméscope n'ayant pas encore été inventé, je fis appel à un ami de la famille, Xavier Gélin, qui accepta de me prêter l'une des toutes premières caméras vidéo VHS. Quant à Thomas, il avait repéré le lieu de tournage et m'avait invité chez lui pour effectuer une reconnaissance de nos extérieurs. Je demandai donc à mon père de m'accompagner chez Thomas pendant le week-end.

– Il habite où, ton copain ?

– Au Quai d'Orsay.

– Quel numéro ?

– Au numéro du ministre. Il habite au ministère des Affaires étrangères.

– Mon petit Benjamin, on ne peut pas rentrer comme ça dans un ministère. On va se faire jeter.

– Il y aura mon nom à l'entrée.

Mon père tenta de me dissuader, mais je répétai opiniâtrement que je voulais aller voir mon copain qui m'attendait pour faire les repérages de notre film. Fou de rage, il accepta enfin de m'y conduire, bien décidé à me prouver l'inanité de ma conduite et convaincu que mon obstination serait récompensée par une humiliation pénible à essuyer.

– Bonjour, dit-il au planton, je viens déposer mon petit garçon.

– Quel nom ?

– Benjamin Castaldi.

– Un huissier va vous accompagner.

À travers les interminables couloirs du Quai d'Orsay et des salles de réception plus somptueuses les unes que les autres, devant tant d'ors et de faste, la stupéfaction de mon père se lisait sur son visage.

– Qu'est-ce qu'il fait, le père de ton copain ?

– Il est ministre.

Mon père me regarda différemment, et ne dit plus un mot.

Le scénario de *La Fugue* paraissait simple à première vue : l'histoire de trafiquants de drogue qui utilisent une soucoupe volante téléguidée pour réaliser leurs odieuses affaires. Une bande de gamins découvre alors le vaisseau spatial et s'empare de la marchandise. S'ensuit une course pleine de rebondissements entre les mômes, les malfaiteurs, un pseudo-extraterrestre et la police. Ce scénario déjà *très* original avait été pimenté de tirs de flingue, de coups de couteau, de courses de bagnoles, d'une pendaison, de l'immolation d'un acteur et de dialogues particulièrement crus. Nous avions choisi deux lieux de tournage remarquablement adaptés à la situation : les salons du Quai d'Orsay et un magnifique château à La Celle-Saint-Cloud, mis à la disposition du ministre des Affaires étrangères par la République.

Le tournage fut un enchantement. Nous étions livrés à nous-mêmes, sous la garde bienveillante du personnel et des flics du ministère, que Thomas avait enrôlés dans notre production. Le clou du tournage fut la construction de la soucoupe volante et la confection de sacs de drogue, remplis de farine. Le soir, nous allions piller les cuisines et les énormes frigos du ministère pour y faire notre marché. Les veilles de grandes réceptions, nous nous préparions des sandwichs au caviar selon une recette de mon invention. Une baguette de pain coupée en deux dans le sens de la longueur, vidée de sa mie, tartinée d'environ deux cents grammes de caviar. Puis nous refermions délicatement la boîte de cinq kilos afin que personne ne soupçonne le larcin. Entre deux bouchées de sandwich au caviar, nous tournions interminablement des plans, dont une scène où le jeune héros – Thomas en l'occurrence – sort son couteau de poche, attrape un sac, le fend d'un geste assuré et recueille sur la lame un petit tas de farine. Plein cadre, il se passe sur les gencives un peu de poudre et déclare avec un hochement de tête approbateur : « Cocaïne ! Et de la bonne ! »

Lorsque, plus tard, je présentai le film à Mamie, cette scène l'horrifia au point qu'elle me fit arrêter la projection pour me cuisiner pendant des heures.

– Benjamin, tu te drogues !

– Mais non, Mamie, ce n'est que du cinéma et de la farine !

– Je suis sûre que tu te drogues. Tu n'as pas pu inventer un truc pareil.

– C'est une scène qu'on a pompée dans *Scarface.*

– Mais où allez-vous donc chercher tout ça !

Mes proches ne comprenaient rien à notre jeu, ce qui était un comble pour une famille de comédiens. Et je préfère ne pas parler de l'accueil glacial que reçut le film dans la famille Cheysson. D'autant que le ministre avait reconnu parmi les comédiens ses propres officiers de sécurité poursuivant, l'arme au poing, en tiraillant à blanc, deux malfaiteurs qui n'étaient autres qu'un de ses cuisiniers et le maître d'hôtel. Il en résulta que nous fûmes autorisés à poursuivre nos tournages – « pendant ce temps-là, au moins, ils ne font pas de bêtises » –, mais interdiction fut donnée au personnel d'y participer. Après *La Fugue,* Thomas et moi tournâmes successivement *Les Envahisseurs* et *La Malchance.* Il me faut bien reconnaître que *Les Envahisseurs,* cette superproduction où nous avions recyclé la soucoupe volante, ne rencontra pas le succès escompté.

*La Malchance,* sorte d'*Autant en emporte le vent* du pauvre, où l'on voyait un fils déshérité retrouvant sa richissime famille – dont un frère qui le détestait –, eut des conséquences désastreuses pour notre avenir cinématographique. Nous étions pourtant décidés à frapper fort et le leitmotiv du film, tiré d'un poème de Boris Vian, annonçait la couleur : « Il casse le monde à coups de marteau / Il casse le monde en petits morceaux / Ça m'est égal, ça m'est bien égal / Il en reste assez pour moi, il en reste assez. »

Nous avions décidé d'y intégrer tous les ingrédients du succès selon Hollywood : *blood and sex*. Les deux héros engagés dans une guerre fratricide se battaient à mort : immolation à l'essence, coups de couteau, fusillades, défenestrations en tous genres. Dans la scène finale, ils se jetaient des toits du château familial (nos vacances dans le château ministériel tombaient bien !). Notre acteur fétiche, Guillaume, impressionné par nos talents, se prêtait complaisamment à nos tortures. C'est ainsi que ce pauvre garçon se retrouva pendu réellement après que le savant dispositif de ceintures et de bretelles que nous avions bricolé eut lâché brutalement en pleine pendaison. C'est ainsi qu'il faillit brûler vif lorsque nous eûmes mis le feu à ses habits largement imbibés d'essence, les protections prévues à base de papier alu et de serviettes mouillées s'étant révélées inefficaces. Poursuivi par son frère ennemi à coups de pique, il eut la jambe entaillée. Mais la blessure n'était pas suffisamment impressionnante à l'écran et, comme il refusait obstinément qu'on ouvre un peu plus la plaie, il fallut chercher un rosbif dans le frigo du ministre pour simuler une jambe sanguinolente. Lors de la scène finale, il devait être précipité d'une fenêtre du château directement dans un étang. Malheureusement l'étang était loin du château et je dus faire des raccords entre la chute du corps – depuis la fenêtre du rez-de-chaussée – et son arrivée dans la mare à plusieurs centaines de mètres de là. Cela se voyait un peu au montage, mais il survécut.

Restait le sexe.

J'apportai les idées et Thomas fournit sa cousine. Je voulais une fille avec une poitrine plantureuse mais, parmi nos groupies, aucune ne correspondait à mes critères. C'est alors que Thomas proposa sa cousine, de la grande bourgeoisie belge, pourvue d'avantages qu'il me décrivit avec passion. Il réussit à la convaincre de nous rejoindre pour tourner dans un film dont elle serait l'héroïne. Pour l'occasion, nous nous étions débarrassés des autres acteurs, bien décidés à profiter égoïstement de la situation. La fille était bien élevée et un brin nunuche, ce qui nous arrangeait. Elle fut cependant surprise du côté spartiate de la production. Je pense qu'elle s'attendait à autre chose car Thomas avait dû exagérer l'importance de nos moyens. Le plus difficile fut de la convaincre de se dénuder, ce que les jeunes filles de bonne famille font en général sans mauvaise grâce quand on le leur demande poliment. Et nous de lui expliquer combien nous étions de vrais professionnels. Il lui suffisait juste de se comporter comme chez le médecin. Elle se fit un peu prier pour la forme avant de nous exhiber une énorme poitrine, et même le reste, ce qui nous plongea, Thomas et moi, dans une sorte de transe créatrice. On ne pouvait pas demander à une gamine de quatorze ans de tourner une scène d'amour et de simuler un orgasme, mais j'avais mon idée pour lui faire rejouer dans notre film ce que j'avais déjà vu ailleurs...

– Voilà, maintenant on va tourner. Tu t'allonges par terre sur la couverture... tu es très malade, tu as une énorme fièvre et des cauchemars. Alors tu te tortilles dans tous les sens en poussant de petits cris. Ne t'occupe pas de la caméra.

– Quelles sortes de cris ?

– Des « oh » et des « ahhhhhh ». Des gémissements, comme si tu avais mal.

Je voulais absolument voir ses seins bouger, aussi j'avais posé la caméra au ras du sol et je rampais autour d'elle en l'encourageant. Je ne sais si elle fut totalement dupe de notre stratagème mais l'honneur était sauf. Elle se prit au jeu et nous enchanta pendant une demi-heure d'un spectacle que nous n'aurions jamais espéré dans nos fantasmes de préadolescents.

Inutile de préciser que cette scène dûment montée sur U-matic aurait pu sonner le glas de nos expériences cinématographiques. La famille Cheysson aurait eu du mal à admettre que les exhibitions de la cousine belge n'étaient qu'une juste contribution à la gloire du Septième Art et que la résidence officielle du ministre des Affaires étrangères avait servi de décor au tournage d'un film cochon ! Un montage habile nous permit d'éviter la censure des familles. Mais nous fûmes renvoyés, Thomas et moi, à nos chères études. Mamie, qui était scandalisée que j'utilise des monuments de la République à des fins privées, et maman que je me fasse raccompagner à la maison en voiture officielle avec escorte et gyrophare, furent enchantées qu'un terme soit mis à cette amitié sulfureuse.

# 3

J'avais une autre grand-mère.

Je l'appelais « Mamie oiseau ». Un drôle de nom pour une grand-mère ! Pourquoi pas « Mamie gâteau » ou « Mamie de pain » ? Elle habitait un petit appartement rue Mesnil, sur une cour intérieure, où nichaient des dizaines de pigeons. Enfant, je restais des heures à la fenêtre, fasciné par le manège des oiseaux. La marche du pigeon mâle, faisant la roue devant sa colombine, me remplissait d'une ferveur quasi mystique : la queue dressée comme une coiffure de prêtre aztèque, il s'avance en gonflant les plumes de son jabot d'un air conquérant. La belle n'y prête apparemment aucune attention, alors il se rengorge, et du tréfonds de ses poumons jaillit ce roucoulement sans fin et si vite exaspérant. Le concert peut durer des heures. Lorsque la pigeonne en a assez, elle le lui fait comprendre en se détournant sans équivoque. L'affaire se conclut par de grands battements d'ailes destinés à pallier l'équilibre instable qui suit cette périlleuse ascension. Dans la foulée, j'ai appelé mon grand-père, qui était particulièrement sinistre, « Papy corbeau ».

Baptiser ses grands-parents de noms d'oiseaux peut paraître enfantin, voire un peu débile, c'est ce que j'ai longtemps pensé. Je me demande maintenant s'il n'y avait pas une raison plus profonde : d'une certaine façon, j'étais leur oisillon, et j'avais trouvé un nid. Je passais beaucoup de temps chez Mamie oiseau, les mercredis et de nombreux week-ends. Mamie oiseau était la grand-mère par excellence, c'est-à-dire à l'opposé de mon autre Mamie. Elle me considérait comme un enfant, ce que j'étais, dont il faut s'occuper pour lui permettre de grandir à peu près droit. Elle m'a langé, elle m'a baigné, elle m'a appris à m'habiller, elle m'a mitonné des petits plats et, comme toutes les grands-mères, elle m'a forcé à mettre des chaussons pour ne pas marcher pieds nus sur le carrelage. Obsession partagée par mon autre Mamie : « On attrape toujours froid par les pieds, Benji ! » L'une m'a élevé, l'autre m'a « fait pousser ».

J'ai très tôt appris à vivre cette double vie avec mes deux grands-mères dont j'étais, différemment mais passionnément, aimé. J'ai aussi compris qu'il valait mieux éviter les interactions entre deux mondes régis par ces femmes que tout opposait. La première leçon fut brève mais exemplaire. Je désirais plus que tout au monde un magnifique char d'assaut, dont j'avais vu différents modèles dans la vitrine d'un magasin de jouets, avec d'énormes canons et des chenilles qui tournaient. Bref, un vrai rêve de petit garçon. Je l'avais inscrit sur ma liste de Noël que, bien entendu, Mamie avait barré illico : « Pas de jouets de guerre pour les enfants ! » J'eus la malice de m'en plaindre à Mamie oiseau, en comptant sur la rivalité grand-maternelle pour parvenir à mes fins.

Le résultat fut conforme à mes plans : Mamie oiseau s'empressa de m'acheter le char. Elle aurait pu choisir un splendide Patton datant du débarquement, flanqué du drapeau américain et des cocardes de l'US Army. Eh bien non : elle choisit un gros T 34, frappé de l'étoile rouge, réplique des chars qui écrasèrent la révolte de Budapest en 1956. Et c'est triomphant que j'apportai mon tank à Autheuil, ravi de faire manœuvrer mon engin téléguidé au milieu de la collection d'opalines. Mamie entra dans une fureur noire en voyant son salon envahi par l'armée soviétique. Ayant parfaitement compris le message, elle reprocha à Mamie oiseau le style d'éducation qu'elle donnait à son petit-fils. Quant à moi, c'est penaud, et mon char sous le bras, que je dus repartir à Paris, l'armée soviétique étant interdite de séjour à Autheuil ! Ayant confusément pris conscience que j'étais l'enjeu d'un conflit qui me dépassait, je décidai à compter de ce jour d'éviter de me glisser entre mes deux grands-mères.

Mamie oiseau était issue d'une famille de la grande bourgeoisie de province. Elle avait été élevée dans un pensionnat d'où un chauffeur en gants blancs la ramenait dans une belle bâtisse avec femmes de chambre, maître d'hôtel et jardinier. C'est en tout cas ce qu'elle me racontait avec un luxe de détails, lorsqu'elle évoquait les années merveilleuses de son enfance. Comme quoi la nostalgie était restée pour elle ce qu'elle avait toujours été. Malheureusement, la famille fut ruinée à la fois par un frère aîné dispendieux et par la conjoncture internationale qui, comme chacun sait, n'est jamais fameuse. Bref, Mamie oiseau, qui venait de rencontrer et d'épouser Papy corbeau, jeune ingénieur désargenté, se retrouva déshéritée avant même d'être ruinée. Papy corbeau, qui travaillait pour une grande entreprise française, fut chargé d'« électrifier l'Amérique du Sud ».

J'adorais cette histoire ! Mamie oiseau aussi, qui me racontait la belle vie qu'ils eurent, à cette époque de pionniers, au Brésil, au Mexique, en Argentine... Elle vivait dans les palaces, allait aux réceptions de l'ambassade de France, voyageait en Super Constellation, tandis que son époux apportait aux indigènes les bienfaits de la fée électricité. En ce temps-là, la France était grande, et la vie douce, « pas comme maintenant, se plaignait-elle, avec toutes ces grèves et ces manifestations... ». Mamie oiseau était de droite et ne s'en cachait pas. Elle était même un peu raciste avec cette petite pointe d'antisémitisme qui est de bon ton dans la bourgeoisie française. La première fois que j'ai entendu parler de nègres et d'Arabes, c'était dans sa bouche. De juifs aussi. J'étais gêné de l'entendre déblatérer sur tel ou tel patronyme à consonance étrangère. Un jour, je n'ai pas pu m'empêcher de lui en faire la remarque alors qu'elle venait de prononcer l'une de ses phrases favorites en regardant un type à la télé.

– Encore un vrai Breton, celui-là !

– Dis donc, moi aussi je suis un peu juif.

– Toi, c'est pas pareil ! me répondit-elle d'un ton sans réplique.

Je me gardais de rapporter ce genre de propos à Autheuil, ayant compris instinctivement qu'il valait mieux, pour ma tranquillité, éviter les sujets qui fâchent. Elle aimait chambrer Mamie devant moi et ne ratait jamais une occasion de balancer quelques Scud en ma présence, sans doute avec l'intention que je les répète. Peine perdue, j'avais appris qu'il valait mieux cloisonner et je gardais pour moi les petites réflexions du genre : « Chez les Signoret c'est ce qu'on doit dire » ou bien : « C'est comme ça qu'on pense chez les Castaldi ».

Mamie, dans son genre, n'était pas mal non plus. J'avais invité ma cousine – la fille de la sœur de mon père – à passer le week-end à Autheuil. Elle devait avoir à l'époque huit ou neuf ans et était élevée dans une ambiance très « catho » par sa mère : école privée de filles rue de Lübeck, messe tous les dimanches, jupe plissée bleu marine et col Claudine. Les yeux baissés modestement, c'est tout juste si elle n'avait pas fait la révérence en arrivant : Mamie s'en léchait les babines, c'est tout ce qu'elle détestait. Comme à l'ordinaire, lorsque j'amenais quelqu'un de nouveau à Autheuil – camarade de classe ou copain de vacances –, elle se mit à l'interroger. Ma cousine répondait pieusement à ses questions de plus en plus insistantes sur la religion. Soudain, Mamie, qui adorait « bouffer du curé » et qui connaissait les tendances légèrement antisémites de Mamie oiseau, lance, l'œil pétillant, à la pauvre gamine :

– Est-ce qu'on t'a appris au catéchisme que Jésus était juif ?

Ma cousine devient rouge et se trouble :

– Mais non, Jésus ne peut pas être juif, ce n'est pas possible !

– Mais si, ma chérie, Jésus était juif, voyons, on t'apprend quoi, rue de Lübeck ?

– Non, non, Jésus ne peut pas être juif, il est catholique !

– Ridicule : Jésus était juif, absolument juif !

Plus la petite s'énervait et plus Mamie buvait du petit-lait.

– Tu vois qu'être juif n'est pas une injure ni une tare puisque même Jésus était juif ! En rentrant tu demanderas à ta grand-mère.

C'est ainsi que, petit à petit, je découvrais la vie à travers deux prismes : la vie à Autheuil et la vraie vie auprès de Mamie oiseau. La principale différence concernait l'argent. À Autheuil, où la liberté de parole était totale et où l'on refaisait régulièrement l'histoire et le monde, il n'y avait pas de place pour ces misérables contingences. On n'y manquait pas d'argent, alors on n'en parlait pas. Si ce n'est en plaisantant, comme Montand aimait à le faire de temps à autre en se plaignant faussement de ce que lui coûtait l'entretien de son potager.

– Je suis le seul Français à manger des salades qui reviennent à mille francs pièce !

Chez Mamie oiseau, en revanche, on parlait tout le temps d'argent. Papy corbeau avait été licencié de la CGE à quelques années de la retraite et ma grand-mère en gardait un vif ressentiment envers la société en général et la vie en particulier qui ne l'auraient pas traité selon ses mérites. Le procès que mon grand-père avait intenté à la CGE après son licenciement constituait l'un des sujets récurrents de la conversation. Le résultat d'un hypothétique dédommagement financier alimentait les rêves de Mamie oiseau : elle aurait alors de l'argent pour me gâter comme il se doit. Papy corbeau, qui était assez taciturne, supportait stoïquement ses plaintes, en silence... jusqu'à ce qu'il craque. Alors ils s'engueulaient – en général à table –, ce qui m'en apprenait beaucoup sur leur vie passée et sur les vicissitudes de l'existence : l'intransigeance des banques ; la bureaucratie de la Sécurité sociale ; l'arrogance des inspecteurs des impôts ; les catastrophes qui surviennent quand on épouse un homme sans le sou... ou une fille de riche déshéritée ; les avocats rapaces ; les juges corrompus ; la société qui fout le camp... sans parler de la morale ; les étrangers qui se croient chez eux ; le gouvernement incapable ; la soupe froide... qui serait chaude si tu rentrais plus tôt ; et qu'est-ce qu'il y a comme dessert ?

– On ne va pas se disputer devant le petit toute la soirée.

– Ce n'est pas moi qui ai commencé.

– Je préfère encore regarder les stupidités de la télé plutôt que d'entendre autant de bêtises chez moi !

Bouderie jusqu'au lendemain.

Traditionnellement, je passais avec Mamie oiseau une semaine des vacances aux sports d'hiver et une semaine sur la Côte d'Azur. C'était un peu sa revanche, elle qui ne possédait pas « un château à la campagne avec piscine chauffée, sauna, court de tennis et tutti quanti... ». Bien entendu, Cannes et Courchevel n'étaient pas vraiment le genre de Simone Signoret. Lorsque je lui en parlais, elle avait une manière de plisser le nez d'un air dégoûté, tout en me passant la main dans les cheveux pour exprimer sa silencieuse, mais méprisante désapprobation. J'adorais faire du ski et j'étais enchanté d'aller au Carlton à Cannes ou au Sporting à Monaco bien qu'en général j'aie droit à quelques réflexions de la part de Mamie qui connaissait une petite histoire de ma grand-mère et du Carlton, à laquelle elle ne manquait jamais de faire perfidement allusion. C'était une anecdote comme il en existe dans les familles et qui se répète d'une génération l'autre, mais qui ne peut être appréciée qu'entre initiés. Ce que les Anglais appellent *a private joke*. Elle m'amusait beaucoup et, encore aujourd'hui, le Carlton reste associé pour moi à ce souvenir.

Jeune femme, Mamie oiseau avait décidé un jour d'aller à Cannes au Carlton avec sa fille. Elle s'était persuadée qu'elle lui trouverait un mari dans cet écrin prestigieux. Elle ne recherchait pas n'importe quel prétendant : son délire était d'y rencontrer un riche émir arabe ! Parce que Mamie oiseau disait : « Un riche Arabe n'est plus un Arabe ! » Je ne sais comment Mamie avait eu vent de cette histoire, mais inutile de préciser qu'elle la faisait ricaner. Pourtant, lorsque Mamie oiseau me racontait cette expédition, elle en faisait un véritable conte de fées, me décrivant le luxe et les agréables événements qu'aurait vécus sa fille si ce merveilleux plan avait abouti. Les détails qu'elle inventait étaient si précis que je me demande si Mamie oiseau n'avait pas rêvé, pour elle-même, de ce destin féerique.

– Sais-tu, Benji, que nous aurions pu rencontrer cet émir ?

– C'est vrai ?

– Absolument ! Si ton grand-père n'avait pas été d'une honnêteté à tout rompre... et tu sais si Ange est honnête : quand il installait des réseaux électriques en Amérique du Sud, tu te doutes du nombre de pots-de-vin et de dessous-de-table qu'on lui a proposés. On serait riches, s'il les avait acceptés !

– Raconte l'histoire de l'émir, Mamie oiseau.

– Ton grand-père se promenait dans le port de Cannes lorsqu'il a vu un émir qui essayait d'accoster avec un bateau de quarante-cinq mètres mais il n'y arrivait pas. Ange est monté à bord et a réussi en cinq minutes à garer le yacht ! Comme ça ! Et sais-tu ce que lui a proposé l'émir ?

– Épouser sa fille ?

– Non ! Il lui a offert le yacht, en lui disant qu'il saurait mieux s'en servir que lui !

– Et alors...

– Alors Ange était tellement honnête qu'il a refusé ! S'il avait accepté, nous aurions rencontré l'émir et j'aurais pu lui présenter ta tante Véronique. En plus, on aurait eu un yacht !

Beaucoup plus tard, j'appris que les émirs pilotent rarement eux-mêmes leur yacht de quarante-cinq mètres et qu'ils n'ont pas l'habitude de les offrir à des inconnus... Sauf dans certains contes de fées, évidemment.

Après le Carlton, mes grands-parents décidèrent de m'emmener en vacances à Monaco où les concentrations de « riches Arabes » sont encore plus fortes qu'à Cannes. J'ai moins de souvenirs de ces périodes monégasques. Pour tout dire, je m'ennuyais dans cette Principauté poussiéreuse, où les distractions ne sont pas prévues pour les enfants. Mamie oiseau m'avait inscrit au Sporting où je passais mes journées, désœuvré, à la piscine. J'étais à une époque intermédiaire de la vie où l'on est trop vieux pour le jardin d'enfants, mais pas suffisamment grand pour les filles, bien que l'on commence à y penser sérieusement. Il y avait des tas de jolies filles autour de la piscine, mais elles n'étaient pas pour moi. Elles étaient pour un grand type plein de superbe, musclé, bronzé, une espèce d'Italien au torse poilu et paré d'une imposante chaîne en or. Il m'agaçait. D'autant que, sous les yeux admiratifs des donzelles, paradant comme un paon, il montait sur le plongeoir, prenait son élan, exécutait un salto avant splendide et fendait l'eau sans soulever la moindre gouttelette. Il ressortait sous les applaudissements et allait faire le joli cœur en roulant des épaules. J'étais d'autant plus mortifié que j'avais la prétention de savoir nager brillamment – mon père s'en était chargé en me jetant à l'eau à l'âge de quatre ou cinq ans – et que je m'ébattais régulièrement dans la piscine d'Autheuil. Je décidai donc moi aussi de pratiquer le salto.

Comme je n'étais pas très lourd, une trentaine de kilos tout mouillé, il fallait pour rebondir régler le plongeoir à mon poids. Aussitôt pensé, aussitôt fait. Je dévisse le plongeoir pour obtenir le maximum de souplesse et j'effectue mon petit plongeon, tout en jetant un coup d'œil pour observer l'effet produit sur les filles. Rires et piaillements. J'aperçois notre Italien qui se lève alors sous les encouragements pour enseigner au « minot » l'art de plonger ! Sauf que je n'avais pas revissé le système. Le bellâtre prend son élan, saute de tout son poids sur l'extrémité de la planche, qui le projette à six ou sept mètres de haut. Il se met à battre des bras et des pieds pour tenter de se rétablir en vol et s'écrase à plat à la surface de l'eau, en hurlant. On le ramène évanoui au bord de la piscine, on appelle le Samu, tout le monde s'agite en criant... Je commence à blêmir, lorsqu'une main me saisit. Mamie oiseau me tire vivement derrière elle en disant : « On rentre à la maison ! » Elle avait tout vu, tout compris. J'ai eu conscience, ce jour-là, qu'elle ne quittait jamais son petit-fils du regard, même lorsque je la croyais occupée ailleurs.

Si Mamie oiseau m'a sauvé des foudres du grand costaud plongeur, Mamie, elle, m'a carrément sauvé la vie. Elle non plus ne me quittait pas des yeux. Enfin, à sa manière. Alors même qu'elle me laissait une totale liberté pendant les vacances, que je pouvais donc jouer et me déplacer en toute indépendance, elle gardait à distance le contrôle de la situation. J'en ai eu la preuve flagrante. Aujourd'hui seulement, je mesure l'ampleur du danger qui m'a menacé.

Un été, à Autheuil, nous avions, avec une bande de gamins de la région, découvert un terrain de jeu particulièrement excitant : d'anciennes carrières de sable où nous creusions des grottes et des tranchées pour jouer à la guerre. Je m'en souviens car j'avais, cette année-là, le bras dans le plâtre, cassé après une partie de ballon un peu musclée. J'étais rentré pour le déjeuner lorsqu'un peu de sable, glissé dans mon plâtre, se répandit sur la moquette.

Mamie s'en aperçut.

– C'est quoi, ça ?

Je n'avais aucune raison de lui mentir puisqu'elle me laissait libre de mes mouvements, à condition que je rentre ponctuellement pour les repas.

– Bah, c'est du sable ! On joue avec les copains dans les carrières.

Je l'ai déjà dit, Mamie était une inquisitrice aux questions redoutables. Elle avait une manière d'interroger extrêmement efficace, posant trente-six mille questions, qui semblaient sans rapport, mais qui lui permettaient d'arriver à ses fins. Lorsque je lui eus décrit en détail les carrières et ce que nous y faisions, la manière dont nous procédions pour creuser nos abris, elle voulut connaître la profondeur de nos tranchées, si le sable coulait, etc. En quelques minutes, elle eut un tableau précis. Elle procédait scientifiquement, avec une précision quasi policière. Son verdict fut implacable et édicté comme le résultat d'une équation :

– Benji, je t'interdis de retourner dans ces carrières !

Pourquoi lui ai-je obéi ? Peut-être par trouille, et pour éviter l'ennui d'être passé à la question à mon retour. Peut-être aussi parce qu'elle ne m'interdisait pas grand-chose et que je pensais confusément qu'elle pouvait avoir raison. Peut-être tout simplement parce que j'avais trouvé à faire autre chose de plus enthousiasmant... Le lendemain, les carrières se sont effondrées sur quatre enfants qui sont morts étouffés sous le sable. Je ne savais rien de cet accident lorsque je suis revenu à la maison, après une promenade à bicyclette. J'avais vu passer les voitures de pompiers, celles de la gendarmerie et du Samu, entendu les sirènes, aperçu les gyrophares et j'étais tout excité à l'idée qu'il « était arrivé quelque chose ». Sur le pas de la porte, Marcelle était dans tous ses états, elle m'avisa dans la cour et se précipita vers moi en agitant les bras :

– Mon Dieu, Benji, où étais-tu passé ? Ta grand-mère te cherche partout !

Je bredouillai une explication, inquiet tout de même de ce que j'avais pu faire de mal pour provoquer cette agitation. Mamie est apparue. Je ne sais quels sentiments l'agitaient : le soulagement de me voir sain et sauf ou la fureur d'avoir tremblé pour ma vie. Je voyais sa poitrine se soulever et elle soufflait par le nez comme un cheval fourbu. Ses yeux étincelaient de larmes et de rage. Elle m'a saisi dans ses bras, me serrant jusqu'à m'étouffer. Puis soudain, elle m'a écarté brusquement :

– Il y a eu un éboulement dans la carrière, quatre de tes camarades ont été enterrés vivants ! Tu t'imagines que tu aurais pu être avec eux ? Où étais-tu, j'ai cru devenir folle ! Je t'avais pourtant interdit d'aller jouer dans ces carrières !

Au bord de la crise de nerfs, elle se mit à me secouer.

– Mamie, je n'y suis pas retourné. Je t'ai obéi !

J'essayais de me dégager de l'emprise de ses bras.

– Je te jure, Mamie, que je n'y suis pas allé !

Elle se calma un peu.

– Oui, je sais que tu n'y étais pas. Mais j'ai eu tellement peur...

– Qui était là-bas ?

Elle me cita leurs prénoms.

– On les a sortis du trou ?

– Oui. Ils sont morts tous les quatre !

Je ne me rendais pas compte de ce qu'était la mort. Je tentais d'imaginer leurs visages, mais je n'y arrivais pas. À peine parvenais-je à revoir la profonde tranchée que nous avions péniblement creusée... Mamie n'était pas une grande démonstrative et je crois que c'est la seule fois où elle s'est laissée aller à révéler en public la force des sentiments qu'elle éprouvait pour moi. Au fond, je n'avais aucun doute à ce sujet et je n'éprouvais pas le besoin de me faire câliner par elle. Ce n'était pas son genre. Tout juste me donnait-elle un baiser sur la bouche lorsque j'arrivais ou repartais. De la même manière, elle ne jouait pas avec moi, dans le sens où on l'entend généralement : je n'ai le souvenir que de parties de bulles de savon qui étaient notre jeu favori.

Ces bulles de savon resteront mon plus beau souvenir. Dos au vent, nous faisions chacun une bulle et nous imaginions alors ce qu'elles allaient devenir. Nous fîmes ainsi le tour du monde visitant tour à tour les Indiens d'Amérique, les éléphants d'Afrique, les chutes du Niagara et la Muraille de Chine... Notre voyage s'interrompait toujours par la même question de Mamie : « Benji, tu n'as pas faim ? » Aujourd'hui encore, je me souviens de ces parties de crêpes... Juste après le début du journal de 20 heures (la seule messe à laquelle je n'ai jamais échappé), nous restions tous deux dans le salon, assis en tailleur à même le sol, à la manière des Indiens que nous venions de rencontrer. Notre bivouac s'improvisait avec quelques pots de confiture dans lesquels nous piochions au gré de nos envies. « Ah ! si ta mère nous voyait, qu'est-ce qu'on se ferait engueuler... », se délectait Mamie. Je réalisais alors la force du moment partagé avec elle : un moment unique, un bonheur simple à jamais gravé dans ma mémoire. Nos bulles de savon et nos crêpes ont fini par se mélanger et former une saveur inoubliable comme ses baisers qu'elle venait poser sur ma joue le soir avant de me coucher.

Nous avions aussi des « jeux de mots », ce qu'elle affectionnait par-dessus tout. Je commençais par lui raconter une histoire improbable.

– Mamie, tu ne sais pas ce qui nous est arrivé aujourd'hui ? C'est incroyable ! On jouait dans l'ancienne gare de La Croix-Saint-Leufroy, et sais-tu ce que nous avons trouvé ?

– Des toiles d'araignées, tu en as encore dans les cheveux !

– C'est normal, on a réussi à entrer dans un vieux wagon fermé à clef !

– Comment êtes-vous entrés si c'était fermé ?

– Avec une pince-monseigneur !

– Mon petit-fils sait manier la pince-monseigneur ! Je suis très impressionnée.

– Et dans le wagon, il y avait des vieilles caisses en bois fermées.

– Et comment les avez-vous ouvertes ?

– Avec un pied-de-biche !

– Intéressant ! Qu'avez-vous donc trouvé dans ces caisses ?

– Des armes ! Des armes bien rangées dans du papier huilé ! Des Mat 49, des pistolets, et même des grenades allemandes avec leur manche.

– Très bien, vous n'avez touché à rien, j'espère. Je vais immédiatement appeler le préfet pour lui signaler votre découverte. Combien y avait-il de caisses ?

– Trois... Non, six !

– Comment avez-vous fait sauter le cadenas ?

– Avec une pierre.

– Je croyais que c'était avec un pied-de-biche !

– Avec un pied-de-biche et une pierre...

Le jeu pouvait durer des heures. Il consistait pour ma grand-mère à m'acculer sous une foule de questions et de détails jusqu'à ce que je reconnaisse que je lui avais monté un bobard. Elle n'avait de cesse qu'elle m'eût confondu. Alors elle plissait le front et faisait bouger ses cheveux tout en gardant la tête immobile. C'était un de nos gags préférés :

– Mamie, tu vois bien que tu as une perruque !

– Mais non, je n'ai pas de perruque. Touche !

– Si, tous tes cheveux bougent en même temps !

J'avais remarqué que chaque fois que Mamie mourait dans un film, elle effectuait cette mimique et j'adorais qu'elle la fasse, rien que pour moi.

Les moments de tendresse et de complicité étaient rares avec elle, ils survenaient en général lors de nos fameuses parties de crêpes devant la télé. Une fois, ma mère nous surprit lors d'un de ces moments privilégiés, et je crois qu'elle en fut un peu jalouse. Je ne pense pas qu'elle ait partagé de tels moments avec sa mère dans son enfance.

Mamie oiseau se conduisait quant à elle comme une grand-mère normale, jouait à la bataille et m'emmenait faire des courses, au magasin de jouets Tominet et aux Galeries Lafayette. Nous prenions le métro, comme des gens ordinaires, et nous faisions du « lèche-vitrine » comme elle se plaisait à le dire, en ajoutant malicieusement : « Ce n'est pas avec ta mamie Signoret, que tu pourrais te promener tranquillement aux Galeries Lafayette. » J'acquiesçais sans vraiment comprendre pourquoi, car je ne mesurais pas encore la notoriété de Mamie. En revanche, ce que je savais comme une évidence, c'est que Mamie ne pouvait faire ses courses ni son ménage, et encore moins se faire cuire un œuf ! Un quotidien que je trouvais tout à fait naturel lorsque j'étais chez Mamie oiseau. Comme ce jeu qui me semblait innocent et pour lequel je lui garde une immense tendresse : lorsque, petit, elle me prenait le matin dans son lit auprès d'elle et que, m'enfouissant sous les draps, je devinais, sous sa chemise de nuit, sa nudité et je m'en amusais beaucoup. C'est grâce à elle que je découvris pour la première fois le corps féminin.

# 4

– Castaldi, dans le bureau du directeur !

Qui n'a jamais entendu cette petite phrase cinglante dans sa vie scolaire n'est qu'un fayot ! Toutes les têtes se tournent vers moi, dans un silence sépulcral. La prof de français darde ses yeux noirs dans ma direction et me fait signe de me lever, accentuant mon sentiment de solitude. Je suis terrorisé, mes mains tremblent. Je ramasse machinalement mes affaires, et je m'avance vers le censeur, en traînant les pieds. Tous les élèves de la classe de seconde du lycée de Saint-Mandé suivent mon départ. Une cruauté qui mêle la compassion au soulagement, à l'idée que la foudre soit tombée sur moi et non pas sur eux. Je marche d'un pas lourd en empruntant les couloirs lugubres de ce lycée où ma mère et mon beau-père m'ont inscrit cette année-là. Les idées bourdonnent dans ma tête, se cognant aux parois de verre d'un examen de conscience translucide.

Nous sommes en début d'année et, pour une fois, je n'ai absolument rien à me reprocher. J'ai fait preuve depuis la rentrée d'un zèle exemplaire : trousse complète, livres parfaitement couverts, cahiers bien tenus, pas une tache, pas une rature. Je suis pour l'heure l'image du parfait élève. Mes notes sont au plus haut, comme en chaque début de trimestre... Reste la conduite. Qu'ai-je pu faire pour provoquer une telle convocation ? Bien sûr, j'ai fumé dans les toilettes, mais je ne me suis pas fait pincer ! Je n'ai pas été insolent avec la prof de français, ni odieux avec la prof d'anglais. Les pions n'ont rien à me redire. Je dois être victime d'une dénonciation calomnieuse ! Cette explication me donne un peu de courage : je vais me défendre et confondre son instigateur. Nous arrivons devant la porte fatidique. La panique me reprend. Je suis maintenant persuadé d'être bientôt le premier collé de l'année. *Ces salauds vont me sucrer mon week-end, c'est une injustice ! Et en plus, je vais me faire engueuler en rentrant à la maison !* En frappant misérablement à la porte de M. Fauconnier, le directeur, je suis au taquet de la trouille.

– Entrez !

Je m'exécute. Il est assis derrière son bureau massif et impressionnant. En me voyant, son visage, d'ordinaire sévère et méprisant, s'éclaire d'un drôle de sourire, genre faux cul. C'est la première fois que je le vois aussi affable. Paradoxalement, cette attitude m'inquiète. Il contourne son bureau, et s'avance vers moi. Là, je panique ! *Qu'est-ce qui se passe ?* Je l'observe à travers un brouillard qui envahit mes yeux, il semble marcher au ralenti. J'entends à peine ce qu'il me dit. Mon cerveau fonctionne à toute vitesse : *il est arrivé quelque chose !*

– Alors, Castaldi, comment vous vous trouvez dans cet établissement ?

*Visiblement, il ne m'a fait venir ni pour un problème scolaire ni pour une question de discipline.*

– Tout se passe bien en classe ?

*Qu'est-il arrivé ? Un accident ? Mon père, ma mère...*

– Euh, ça va, euh, ouais, ça va...

*À quoi joue-t-il ?*

Il poursuit ses banalités tandis que je tente de reprendre mes esprits. Il commence à m'agacer à force de tourner autour du pot : je me risque à l'interrompre respectueusement :

– Pardon, monsieur, mais qu'est-ce que j'ai fait ?

– Rien... Rassurez-vous. Enfin, je veux dire... Écoutez, Castaldi... eh bien, mon garçon... Jean-Claude Dauphin va venir vous chercher dans un moment pour vous emmener à Autheuil !

*Bon Dieu, il est arrivé quelque chose à la maison. Un arbre est tombé sur le toit. Le feu ? Il y a eu un incendie à Autheuil !* Je me mets à hoqueter nerveusement : *que s'est-il passé ?* Un dégât matériel, oui, c'est ça, un simple dégât matériel. Je m'accroche éperdument à cette idée. Au fond de moi, je sens monter une panique comme une immense vague qui va m'engloutir. Je combats de toutes mes forces pour la repousser. Le directeur continue à me parler comme si de rien n'était. Je me garde de lui demander d'autres précisions. Je ne veux pas savoir, il ne s'est rien passé, rien ! Je sens gonfler les sanglots. Il faut me ressaisir, reprendre le contrôle. Les secondes, les minutes s'écoulent, et je pense au pire ! Le directeur ne parvient plus à masquer son malaise, son regard me fuit. Le pire s'avance, je l'entends qui s'approche au bruit de mon cœur qui s'accélère. On frappe à la porte. Je me retourne. Jean-Claude Dauphin, le fidèle ami de Mamie et de la famille, pénètre dans la pièce. Il a le visage ravagé par la tristesse. J'ai compris. Il me prend dans ses bras. Nous pleurons.

– Tu sais, elle était très malade.

Non, je ne le savais pas.

Il fait un temps magnifique lorsque Jean-Claude et moi quittons le lycée à bord de sa voiture. La radio est branchée et c'est une déferlante sur toutes les ondes : « Europe 1 Édition Spéciale ! Simone Signoret vient de succomber des suites d'une longue maladie... », « Grande dame, immense actrice, l'épouse d'Yves Montand n'est plus... », « Nous allons rejoindre l'envoyé spécial de RTL dans la maison d'Autheuil-sur-Eure où Simone Signoret est morte ce matin... », « Nous avons en ligne, pour une première réaction, après la mort de Simone Signoret... », « C'est par un bref communiqué de l'AFP que nous avons appris la mort à soixante-quatre ans de Simone Signoret. Je cite : "Elle est morte comme elle a vécu, courageusement." Toute cette journée nous retracerons sa carrière avec des témoignages... » Je tourne machinalement le bouton des stations sur les grandes ondes, stupéfait par l'ouragan médiatique que provoque la disparition de Mamie. Je n'imaginais pas à quel point ma grand-mère était célèbre. Je n'y avais jusqu'alors attaché aucune importance.

C'est au cours de cette heure de trajet entre Paris et Autheuil que je compris que je ne savais rien de cette femme. J'entendais les commentaires des radios retraçant sa carrière cinématographique, évoquant ses engagements politiques, ses prises de position, sa vie avec Montand, et j'avais l'impression d'être étranger à tout cela. Je réalisais – et cette idée me rendait misérable – que j'étais passé à côté de ma grand-mère. J'avais joué toute mon enfance entre une photo dédicacée de John F. Kennedy, une lettre de Jean-Paul Sartre et une compression de César, sans m'interroger sur ce que ces objets représentaient. Pour moi, l'Oscar d'Hollywood n'avait été qu'une statuette dorée servant de presse-papier.

Je regardais par la vitre de la voiture les balises familières de ce trajet que j'avais parcouru des centaines de fois, le cœur ému à l'idée de me retrouver à Autheuil. Le tunnel de Saint-Cloud, l'autoroute de l'Ouest, la gare de péage, les carrières de craie, la sortie Gaillon... Puis la maison et le crissement des pneus sur le gravier de la cour. Mon enfance a été nourrie du bruit de ces graviers qui me sortait du sommeil lorsque nous arrivions tard le soir, en week-end.

Jean-Claude Dauphin, d'habitude si gai, conduit en silence. Il est perdu dans ses pensées. De temps à autre, il se tourne vers moi pour me lancer un sourire lointain. Je crois qu'il n'écoute même pas la radio, même si quelquefois son visage se crispe lorsqu'un commentateur rappelle un épisode ou une anecdote de la vie de Mamie. Sa présence me fait du bien, j'ai l'impression que, puisqu'il est là, un miracle peut encore se produire. Peut-être qu'en entendant les graviers tout à l'heure je vais me réveiller dans la douce odeur d'Autheuil et voir Mamie me tendre les bras...

Devant la grille fermée, des dizaines de véhicules stationnent, entourés d'une nuée de journalistes et de photographes. Ils se précipitent vers la voiture pour apercevoir qui est à l'intérieur. Les flashs m'éblouissent. Georges, qui garde la propriété, entrouvre la porte pour nous faciliter l'accès à la cour. J'entends le bruit des graviers, mais je ne me réveille pas de ce cauchemar. J'aperçois ma mère qui nous attend sur le perron de la cuisine, elle a les yeux rougis et me sourit timidement. Je n'ai qu'une envie : me jeter dans ses bras pour lui dire que je l'aime. Elle m'accueille tendrement, me serre contre elle et me murmure à l'oreille :

– Maintenant, il faudra tout se dire.

Muet, je me blottis dans ses bras, et je sanglote. Je suis perdu. *Il faudra tout se dire... Mais se dire quoi ?* Ma vie n'a été jusqu'ici qu'un grand livre aux pages blanches, sans soucis, sans peines. Une vie presque irréelle. Je me retrouve plongé dans un grand vide que la disparition de ma grand-mère rend vertigineux. Je n'ai plus de repères.

– Tu veux la voir ?

– Non !

Ma réponse jaillit violemment. La voir morte, c'est accepter qu'elle le soit. Je n'étais pas prêt à cautionner ce que tout le monde répétait depuis qu'on m'avait sorti du lycée. J'étais précipité dans le chaos des condoléances. Autheuil était mon cocon et ces gens le violaient. J'aurais voulu que tout redevienne comme avant : chasser « ces oiseaux de malheur accrochés aux grilles » ; supprimer tous ces visages familiers ou étrangers qui envahissaient notre maison pour emporter ma Mamie. Je n'étais que révolte, insoumission, écœurement. J'avais envie de vomir.

La maison paraissait toujours familière, mais quelque chose d'étrange s'était produit : elle ne vibrait plus comme auparavant. Même la maison était en deuil. J'errais dans le salon, dans la salle à manger, dans la cuisine. Finalement j'allai me terrer dans ma chambre. Rien n'y faisait, il me semblait que la maison ne voulait plus m'accueillir comme elle l'avait toujours fait. Soudain une idée s'imposa : il fallait que je la voie. J'eus la certitude que, sinon, la maison me reprocherait toujours ma lâcheté. J'aperçus Maurice, mon beau-père, dans le couloir.

– Où est Mamie ?

– Dans sa chambre. Veux-tu la voir ?

– Oui.

– Je t'accompagne.

Je montai lentement les marches de l'escalier qui conduisait au premier étage. Je voulais donner un sens, une solennité à cette démarche. Je n'avais plus peur. La porte de la chambre de Mamie était fermée. Je m'en approchai sur la pointe des pieds et je m'apprêtai à frapper comme je l'avais toujours fait.

– Ce n'est pas la peine, me dit Maurice.

Oh si, c'était la peine !

J'ouvre la porte.

La pièce est plongée dans la pénombre. Les persiennes entrebâillées découpent entre leurs lattes quelques rayons de soleil où s'agitent d'infimes poussières d'étoiles. Je suis saisi par une idée fulgurante : j'ai déjà vécu cette scène ! Je reste paralysé sur le pas de la porte. *Delon se tient près de la fenêtre. Une arme à la main, il tire une balle entre les volets à demi clos. La pièce est zébrée de soleil. C'est la scène finale de* La Veuve Couderc.

– Tu ne veux pas entrer ?

– Si !

Je me suis approché de son lit. Elle avait les draps remontés jusqu'au cou et semblait fragile dans son grand lit. Elle n'était pas maquillée, mais je l'ai trouvée belle. J'ai hésité avant de me pencher pour l'embrasser, j'ai eu peur. J'étais terrorisé ! Je suis resté quelques secondes, oscillant, et je suis reparti très vite. Pour la première fois, je rencontrais la mort en face.

En redescendant l'escalier, j'étais bouleversé par la vérité à laquelle j'avais été confronté. Je dus, en outre, affronter une autre réalité qui, celle-là aussi, m'a profondément meurtri. Différentes personnes avaient envahi la maison. Des amis, des proches, qui ne s'étaient pas vus depuis quelque temps, et qui semblaient heureux de se retrouver. Tout ce monde parlait fort, se congratulait, s'embrassait, riait. Une ambiance festive régnait dans le salon et dans le hall, comme à la sortie d'un théâtre. Je restais sidéré en haut des marches, observant les uns et les autres, que je connaissais pour la plupart, mais qu'à cet instant je ne reconnaissais plus. Mamie était morte et eux se marraient !

Cette scène me frappa au point que je fus longtemps poursuivi par le même cauchemar. Je suis au pied de l'escalier, au milieu de cette foule joyeuse et badine lorsque, soudain, j'aperçois Mamie, en chemise de nuit, qui descend les marches sans que personne n'y prête attention. Je me précipite vers elle en lui criant : « Mamie, Mamie, il faut que tu ailles mourir, parce qu'ici ils pensent tous que tu es morte. Il faut que tu retournes mourir dans ta chambre ! »

Je me réveillais en nage dans mon lit, et je mettais plusieurs minutes avant de me rendormir.

Tous attendaient l'arrivée de Montand. Ma mère avait pu le prévenir directement dans le sud de la France, où il tournait *Jean de Florette*, avant qu'il n'apprenne la nouvelle par la radio. C'est Bernard Kouchner qui avait été chargé d'aller le chercher à l'aéroport et de le ramener à Autheuil. Pour éviter les photographes, ils furent obligés de crapahuter dans les champs et d'escalader la clôture, pour pénétrer par l'arrière de la propriété. Je l'ai vu arriver sur la terrasse en époussetant ses vêtements. Il est resté un long moment immobile avant d'entrer dans la maison. Il tordait ses grandes mains l'une avec l'autre en regardant en direction du premier étage. Je l'ai entendu répéter avec sa grosse voix :

– Voilà ! voilà ! voilà !

Puis il est entré dans le salon où tous les convives se sont empressés autour de lui. Un peu plus tard, je l'ai retrouvé dehors, seul, en train d'observer le parc. Je me suis approché de lui et, entendant mes pas, il s'est retourné.

– Ah, c'est toi. Viens, on va aller faire une petite promenade tous les deux.

M'entraînant à son côté, nous avons entamé notre balade dans le parc sous les arbres centenaires. Montand marchait tranquillement, respirait l'air chaud et parfumé, je le suivais en silence. Nous sommes allés vers « la ferme », où Georges et Marcelle élevaient des poules et quelques chèvres. Il observait attentivement les alentours, notant qu'une porte était dégondée, qu'une clôture était à refaire, que des tuiles « se faisaient la malle sur le toit ». Il faisait son « p'tit tour du propriétaire ». Soudain, il engloba l'espace d'un large mouvement des bras, me disant :

– Qu'est-ce qu'on va faire de tout ça !

Il marqua un temps d'arrêt.

– Un jour, petit, ce sera à toi !

Je n'ai pas trouvé cela grandiloquent ni surprenant, c'était légitime. N'étais-je point leur petit prince ? Je n'avais pas compris alors qu'en évoquant cette perspective Montand faisait allusion à sa propre disparition.

Dans une bonne humeur générale, les amis proches étaient réunis dans la salle à manger pour un pique-nique. Chacun faisait assaut de bons mots, même Montand et maman n'étaient pas les derniers à plaisanter. Je ne comprenais pas que des amis puissent s'amuser et rire alors que Mamie reposait encore au premier étage. Comme personne ne prit la peine de m'expliquer ce comportement, que je jugeais choquant, je décidai de quitter l'assemblée pour aller me coucher. Personne ne s'inquiéta de mon départ digne et sévère, par lequel je voulais pourtant exprimer mon ostensible désapprobation.

Cette nuit-là, je passai une bonne nuit, d'un sommeil sans rêves, d'un sommeil d'anesthésie. Je me réveillai en sursaut en prenant conscience pour la première fois que Mamie était bel et bien morte. La maison résonnait de sons inhabituels, d'allées et venues bruyantes, d'une animation que je ressentais du fond de mon lit comme une menace diffuse : la fin d'une insouciance, la fin d'une époque. La mort était entrée dans ma vie, avec son cortège de pompes et de rites, que je découvrais avec étonnement. Honorer un mort n'est pas simple, c'est même fastidieux et déroutant, je le compris rapidement.

Dans la matinée, avec ma mère et mon beau-père, nous nous rendîmes à Évreux pour « acheter quelque chose pour l'enterrement ». Comme tous les garçons de mon âge, je détestais les corvées de shopping, et entendre ma mère s'interroger sur ce qu'elle allait bien pouvoir trouver me confortait dans mon mutisme boudeur.

– Pour vous, les hommes, c'est facile : il suffit que vous mettiez un costume et une cravate, et le tour est joué ! Je ne vais pas me déguiser en orpheline... N'est-ce pas, Maurice ?

Mon beau-père marqua son approbation par quelques borborygmes, pendant qu'elle continuait son monologue vestimentaire :

– Je ne peux quand même pas me mettre en jean ni en jupe plissée... Peut-être une petite robe, pas trop décolletée... Qu'est-ce que je vais pouvoir trouver à Évreux ! De toute façon, je me fous de ce que penseront les gens... Pour toi, Benji, un blazer fera l'affaire ! On devrait bien en trouver un à Évreux... Mais cela ne résout pas mon problème.

En définitive, après avoir couru les boutiques, je me retrouvai affublé d'un pantalon de flanelle grise, d'un blazer pied-de-poule, et maman d'une robe bleue à fleurs. Le retour fut du même acabit, maman s'interrogeant toujours sur la justesse de son choix vestimentaire, « si le bleu n'était pas trop dur, si les fleurs n'étaient pas trop gaies pour un enterrement ». Finalement, j'éprouvais une certaine fierté à ce que tout le monde se fasse beau pour honorer Mamie.

En arrivant à la maison, la cour était envahie d'hommes en noir, et d'un fourgon de la même espèce : les pompes funèbres venaient d'y livrer le cercueil. L'irruption de cette boîte en bois dans mon « château » me frappa de terreur. C'était la manifestation tangible de la vulgarité de la mort, la représentation volumétrique du spectre qui était jusqu'ici resté virtuelle. Je préférai m'isoler pour ne pas assister à ce spectacle. J'étais poursuivi par ces bruits étranges qui emplissaient chaque recoin de la maison. Je ne pouvais trouver de réconfort auprès des miens : ma mère était sollicitée par les préparatifs de l'enterrement et avait acquis à cet instant une autorité qu'elle n'avait jamais eue dans cette maison. Elle effectuait toutes ces corvées avec affabilité et bonne humeur, comme si la mort de sa mère l'intronisait au rang d'adulte responsable. Mon père et la famille furent réunis une dernière fois ; quant à Montand, il s'était cloîtré dans son bureau, laissant ma mère et mon beau-père régler les problèmes d'intendance.

La mise en bière me fut épargnée, cérémonie redoutée que je répugnais à imaginer. Un peu plus tard, ma mère m'appela pour me demander de l'accompagner dans la chambre de Mamie. Elle insista pour que je la suive et c'est avec difficulté que je pris sur moi pour accéder à son souhait. Nous entrâmes dans la chambre où, maintenant, Mamie reposait dans son cercueil fermé. Il était dressé au milieu de la pièce devant la cheminée. Je portai mon regard vers le lit, où je l'avais vue pour la dernière fois. Il avait été soigneusement refait, ce qui signifiait que Mamie l'avait quitté définitivement. Ma mère s'affairait dans le bas d'une armoire. Elle se redressa en tenant à la main une petite trousse comme celles qu'on donne dans les avions. Elle s'approcha du cercueil, le tapota et prononça ces mots qui me stupéfièrent : « On fait comme on a dit, ma vieille... » C'était bien dans cette trousse TWA que Mamie rangeait ses bijoux. Je l'avais déjà vue faire à plusieurs reprises. Ma mère m'expliqua que toutes deux en avaient secrètement convenu ainsi. Cette scène m'a effroyablement choqué. Je ne pense pas que ma mère ait voulu dépouiller ma grand-mère, mais qu'elle ait pris ses bijoux sans même attendre que Mamie ait quitté sa maison me scandalisait. En fait, j'assimilais ce geste à une prise de pouvoir. En s'appropriant les bijoux de Mamie, ma mère s'emparait des symboles de son rayonnement et de son prestige. J'appris plus tard qu'elle n'avait fait qu'obéir à une demande expresse de Mamie : « Ma chérie, ce sera toujours ça de pris si ça tourne mal... »

Montand avait fait ouvrir les portes-fenêtres du hall d'entrée qui donnaient sur l'avant de la maison. C'était exceptionnel. Je les avais toujours connues fermées : habituellement, nous passions tous par la porte de la cuisine. Toute la famille était réunie dans le hall sous la direction du responsable des pompes funèbres qui avait pris en charge les opérations. Le personnel se tenait sur le perron, les photographes dans la cour. Mamie, dans son cercueil, est sortie, portée par les hommes en noir, suivis sagement en rang deux par deux par Montand et maman, puis Maurice et moi et les autres derrière. Le spectacle pouvait commencer.

Dans un silence général, les flashs se sont mis à crépiter lorsque nous sommes apparus sur le perron. J'étais mal à l'aise d'être ainsi mitraillé, je ne me sentais pas à ma place. En même temps, tout cela m'excitait beaucoup. Puis on a glissé Mamie dans sa dernière voiture, et nous avons suivi dans la BMW du neveu de Montand, conduite par son chauffeur. Montand s'était assis à l'avant, maman, Maurice et moi à l'arrière. Les motards ont allumé leurs gyrophares pour nous ouvrir la route. J'étais impressionné par ce déplacement solennel. En me retournant, j'ai aperçu l'imposant cortège de voitures qui nous suivait, avec, en serre-file, les voitures de la presse. À cet instant seulement, j'ai pris conscience d'être le petit-fils de Simone Signoret. Comme cela était étrange... On ne roulait pas à plus de quatre-vingt-dix kilomètres à l'heure et l'on a mis deux heures pour arriver à Paris. Dans la voiture, l'atmosphère était particulièrement détendue. Montand n'arrêtait pas de faire le couillon comme à son habitude et de raconter des blagues. C'était sa manière à lui d'être malheureux. Cette attitude ne me choquait plus. Je me sentais tel un spectateur assistant à la représentation de l'enterrement de Mamie, et j'attendais impatiemment la suite de ce prologue. Je ne fus pas déçu.

Une immense foule s'était massée autour du Père-Lachaise. Sur près de deux à trois kilomètres, des badauds agitaient les mains pour saluer notre passage. Beaucoup d'entre eux brandissaient la une de *Libé* avec la photo de Mamie en pleine page, surmontée d'un gigantesque : SIMONE. Nous avons eu du mal à nous frayer un chemin au milieu de cette masse compacte qui bloquait les portes du cimetière. À l'arrivée du corbillard, les applaudissements redoublèrent. Certains faisaient des signes de croix. D'autres essayaient de nous apercevoir à travers les vitres du véhicule. Beaucoup avaient les bras chargés de fleurs. Quelle surprenante atmosphère, presque trop joyeuse. Je n'avais pas envie de pleurer, j'étais si fier de Mamie ! À cet instant, je me suis dit : *Ta grand-mère, c'était vraiment quelqu'un d'important !* Dans un premier temps, seuls les invités de la famille furent autorisés à pénétrer à l'intérieur du cimetière tandis qu'un groupe d'amis rassemblés en un chœur silencieux nous attendait dans une allée proche. Tous ces visages connus ne cessaient d'être mitraillés par les photographes. Puis tout est allé très vite. Il n'y a pas eu de discours. Les hommes en noir ont descendu Mamie dans le trou. Nous nous sommes approchés, et j'ai jeté une rose sur la boîte. C'était terminé. Montand était nerveux, maman sanglotait. Un homme s'est approché d'elle pour l'embrasser : son père, Yves Allégret. Je ne l'avais vu que deux ou trois fois dans ma vie.

Le retour à Autheuil fut bien différent du trajet précédent. Nous étions maintenant seuls, le cortège et son escorte avaient disparu. Montand ne faisait plus le mariole, il était abattu, et je crois qu'il pleurait. Assis sur la banquette arrière, je voyais ses épaules se soulever de sanglots muets. Je m'aperçus qu'il essuyait ses yeux, en faisant mine de se moucher pour donner le change. Maman pleurait doucement tandis que Maurice tentait de la réconforter. Ce fut au cours de ce trajet que je ressentis le premier vrai moment de tristesse familiale. Ce recueillement, qui me semblait plus digne et conforme à ma profonde peine, apaisa mon désarroi. J'avais la conviction que l'émotion intense qui régnait alors dans la voiture nous soudait les uns aux autres aussi fort que lorsque Mamie était encore là. Je me trompais. Ce fut le dernier hommage d'amour collectif que nous lui rendîmes. La vie allait continuer, mais elle ne serait jamais plus comme avant.

# 5

La disparition de Mamie coïncida – mais ce n'était pas une coïncidence – avec l'irruption de l'argent dans mon univers. Il y en avait évidemment beaucoup dans la famille : Montand gagnait très bien sa vie, Mamie également. Mais je n'avais jusqu'alors aucune idée de ce que cela représentait ni de ce qu'ils percevaient pour tourner un film ou réaliser un disque, ni même quelle était l'importance de leur patrimoine. Je n'en entendais jamais parler à la maison, et cela ne me préoccupait pas le moins du monde. Pourtant, du jour au lendemain, l'argent est devenu le centre de toutes les conversations et une présence quasi obsessionnelle.

Montand et Mamie étaient mariés sous le régime de la communauté, et sa disparition modifia considérablement les rapports entre Montand et ma mère. En grande partie à cause de ce patrimoine familial. Je suis persuadé que Montand a mal encaissé – si l'on peut dire – que ma mère hérite de sa mère. Il devait considérer que ce que leur couple avait gagné durant toutes ces années lui revenait de plein droit maintenant qu'elle n'était plus là. L'argent de sa femme était le sien puisque, tout au long de leur vie commune, ce qui avait été à lui avait été à elle. Il pensait donner à « la petite Cathou » deux ou trois choses, et que ce serait très bien. D'autant qu'à l'époque ma mère n'était pas encore sa fille adoptive. Il voulait aussi, je suppose, rester le patriarche et le bienfaiteur de la famille. La loi ne l'entendait pas ainsi. À la mort de ma grand-mère, il dut mettre tout ce qu'ils avaient acquis depuis leur mariage dans un pot commun, et ma mère en reçut un quart. Je ne pense pas que Montand ait bien vécu cette situation, mais il fut contraint de s'y résoudre.

Moi, j'y trouvais mon compte. J'ai commencé à profiter de la nouvelle fortune de ma mère. Elle ne se manifestait pas en espèces sonnantes et trébuchantes, mais soudain les choses sont devenues plus faciles. J'ai pris conscience que ma mère était plus que généreuse et qu'elle aimait se faire aimer. Elle se mit à distribuer des cadeaux autour d'elle. J'en tirais largement parti, n'hésitant pas à abuser de ses excellentes dispositions pour me faire offrir tout ce que je convoitais. Je rêvais d'un ordinateur qui, dans ces années-là, représentait un achat important, plutôt réservé aux adultes qu'aux adolescents. J'obtins sans trop de mal un Apple 2C, que j'exhibais avec détachement devant mes copains, conscient de l'envie que je suscitais. Je profitai de la période de désorganisation qui suivit pour transformer certains week-ends solitaires à Autheuil en petites fêtes où j'invitais des jeunes filles innocentes, qui ne le restaient pas longtemps.

Gentiment mais sûrement, je me transformais en « fils à maman » avec tous les travers odieux qui découlent de cette mentalité. Au fond de moi, je n'étais pas dupe de jouer un rôle. Je m'y donnais à fond. Je devins imbu de moi-même, et j'adoptai un comportement révoltant. Je ne bénéficiais plus de l'influence sage de Mamie oiseau, avec laquelle je m'étais fâché à propos d'une stupide histoire de vol.

L'affaire débuta lors d'un retour de week-end, passé avec mes deux cousines. Mamie oiseau téléphona à ma mère pour m'accuser d'avoir volé deux cents francs dans la tirelire de ma cousine Olivia. J'eus droit à l'interrogatoire classique, avec maman dans le rôle du procureur : je jurai mes grands dieux que j'étais innocent. Au bout de quelques minutes, ma mère se rendit compte de ma sincérité et téléphona à ma grand-mère :

– Ce n'est pas Benjamin !

– Si, c'est Benjamin.

– Je suis sûre que ce n'est pas lui.

Une semaine s'écoule, je retourne en week-end chez Mamie oiseau. Nouveau coup de téléphone :

– Benjamin m'a volé cinquante francs dans mon porte-monnaie !

Cette fois, je fonds en larmes devant ma mère : deux accusations de suite alors que je n'ai rien subtilisé, c'est trop ! Ma mère me questionne et, dans la foulée, insulte sa belle-mère. Mon père s'en mêle et me rend visite au square Montsouris, où nous habitions à l'époque.

– Écoute-moi bien, c'est simple : si tu n'avoues pas que c'est toi qui as volé cet argent, je tourne les talons et tu ne me revois plus jamais !

Je n'ai pu que lui répondre misérablement :

– Papa, je ne peux pas avouer quelque chose que je n'ai pas fait.

Et c'est moi qui ai tourné les talons. J'éprouvais une telle douleur dans la poitrine que j'ai refusé de revoir mes grands-parents pendant plusieurs mois. Je n'avais jamais été confronté à pareille injustice et j'en supportais mal les effets. Je décidai de m'endurcir. Il le fallait bien, car les événements funestes se précipitèrent. En disparaissant, Mamie avait cessé de nous protéger.

Il y eut d'abord la mort d'Yves Allégret, mon grand-père par le sang, puis celle de sa femme. Je les connaissais mal, l'un et l'autre, mais ces enterrements à répétition dans la famille me chahutaient sérieusement. Et il y eut Mamie oiseau. Je l'avais revue une seule fois depuis notre brouille. Elle semblait vieillie, mais heureuse de me retrouver.

– Tu ne remarques rien ? m'avait-elle demandé.

– Non, pourquoi ?

– Tu ne me trouves pas changée ?

J'avais bien remarqué qu'elle portait une perruque, mal ajustée, mais je me gardai de le lui faire observer.

– Non, tu n'as pas changé. Je ne vois pas...

Elle avait paru satisfaite de ma réponse. Et avait parlé d'autre chose. Quelques mois plus tard, mon père vint me chercher en voiture pour aller au mariage de sa sœur, ma tante Véronique. J'étais assis à l'arrière à côté d'un sac à demi entrebâillé. En y jetant un coup d'œil, j'aperçus une perruque de la même couleur que les cheveux de Mamie oiseau. *Ce n'est pas possible ! S'il est arrivé quelque chose à ma grand-mère, on me l'aurait dit !* Je revivais un cauchemar que je connaissais trop bien.

– Comment va Mamie ?

– Euh, pas terrible, me répond papa.

– Elle est morte, c'est ça ?

– Non... Pas vraiment.

Ce « non, pas vraiment » me fit hurler intérieurement. Une fois de plus je n'avais rien vu venir, on s'était bien gardé de me tenir au courant. Il fallut une heure de questions pressantes pour que mon père m'avoue qu'elle était morte le matin même. La famille avait préféré différer la nouvelle parce qu'il était impossible d'annuler le mariage de ma tante à quelques heures de la cérémonie. Je me retrouvai de nouveau au Père-Lachaise où je méditai sur la différence des funérailles « selon que vous serez puissant ou misérable ». Une quinzaine de personnes à peine accompagnaient Mamie oiseau. Il faisait froid et triste.

Je ne pus m'empêcher de me souvenir qu'au lendemain de l'enterrement de Mamie, Mamie oiseau m'avait montré toutes les images qu'elle avait enregistrées à la télé, ainsi que dans des magazines qu'elle avait découpés, en me disant :

– Regarde, Benjamin, on te voit là, à côté de Montand et de ta mère. Et là encore sur ces photos. Tu es très élégant avec ta veste...

Je l'avais interrompue violemment, agacé par cette revue de presse indécente et son ton de midinette.

– Arrête, c'est l'enterrement de Mamie, ce n'est pas le Festival de Cannes !

Il n'y eut pas de photographes pour immortaliser ces funérailles, il n'y eut que nous. Papy corbeau devait la rejoindre quelques mois plus tard.

Il me fallait réagir à cette série noire.

Je me lançai dans la fête et les conneries d'adolescence avec une froide délectation. Ce qui avait été le tissu familial tombait en déliquescence et je profitai de ces déchirures pour m'en évader. Mes deux grands-mères disparues, principaux piliers de mon enfance, je me retrouvais complètement déboussolé. Mon père menait sa vie avec sa nouvelle femme tandis que ma mère et mon beau-père étaient accaparés par leur petite Clémentine, ma sœur. Je me sentais tel un électron libre entre deux noyaux recomposés. Pendant ce temps la maison d'Autheuil, cœur de mon enfance, changeait de mains.

La mort de « Casque d'or » appelait une succession qui ne tarda pas à se manifester. Elle s'appelait Carole. Je connaissais son existence bien avant la mort de Mamie. Je l'avais aperçue au côté de Montand en quelques occasions et j'avais appris qu'elle était copine avec ma mère. Elles se voyaient parfois dans le dos de Mamie. Cette relation amicale entre la maîtresse de Montand et la fille de sa femme m'étonnait beaucoup, et me scandalisait un peu. Après tout, il est vrai qu'elles étaient de la même génération et qu'en « bonne intelligence », une part de calcul devait entrer dans cette démonstration, qui ne devait pourtant pas survivre à la disparition de Mamie.

La première cassure intervint quelque six mois plus tard, lorsque Carole investit Autheuil. La liberté d'y aller et venir, dont ma mère et moi bénéficiions, subit une sévère restriction. Je ne devais plus m'y rendre seul ou avec une petite amie, la bouche en cœur, sans en demander préalablement la permission. Quant à ma mère qui, les premiers temps, avait tenté de reconstituer à Autheuil les réunions d'amis telles qu'elles existaient du temps de sa mère, elle se vit infliger un camouflet terrible. Montand lui signifia qu'il n'était pas question pour lui « de continuer à venir en week-end, dans la maison de Catherine Allégret ». Ambiance !

Très vite, Carole se mit à réaménager Autheuil. Cela se fit par petites touches qui dessinèrent peu à peu un nouveau plan d'ensemble. Elle fit refaire la chambre de Mamie qui devint celle de Montand. Carole s'octroya l'ancienne chambre de Montand et sa salle de bains en faïence noire. La lingerie fut transformée en chambre d'appoint et, plus tard, en nursery pour Valentin. Les moquettes, la tapisserie, les meubles furent changés. La terrasse et la façade de la maison furent passées au Karcher. La seule pièce du premier étage qui échappa à ce traitement fut – sur ordre de Montand – le bureau où Mamie avait écrit *Volodia*, qui resta intact comme au jour de sa mort. Sa veste en laine accrochée au dossier de sa chaise, ses lunettes, ses crayons et ses papiers sur la table, comme elle les avait disposés avant de partir. La pièce fut fermée, volets clos, et personne n'y pénétra plus jamais.

On mit la touche finale en recomposant le standard téléphonique de la maison, réécrivant ainsi les étiquettes correspondant aux différents postes : « Chambre de Montand », « Chambre de Carole », « Cuisine », « Salon », etc. Enfin : « Aile ». Cette dernière appellation, à la résonnance ambiguë, désignait la chambre de ma mère, qui en fut extrêmement blessée. C'était une manière, assez grossière, de lui signifier où était désormais sa place dans cette maison, une tentative puérile visant à l'exclure de son propre passé.

Ma mère, qui n'était plus la bienvenue à Autheuil, décida de se faire construire une maison en Bretagne, sur un terrain dont elle venait d'hériter et qu'elle baptisa « Ker Volodia », histoire de mettre les choses au point. Les liens qui l'unissaient à Montand se distendaient. Sans aller jusqu'à la rupture, il devenait évident que rien n'était plus pareil entre eux, et qu'il y avait incontestablement, de la part du nouveau couple, une volonté maligne de rompre cette relation privilégiée. Montand, en dépit de nombreuses invitations, ne vint qu'une seule fois à Ker Volodia, et encore avec réticence. Il y avait chez ma mère une nostalgie d'Autheuil, bien compréhensible, et comme une nécessité de reconstituer ailleurs ce qui avait été le cadre de sa vie.

Vincennes fut la période la plus stable de mon adolescence après les tumultes qui avaient suivi la disparition de mes deux grands-mères. Je tentais de reconstruire une vie cohérente. Je suivais une scolarité sans problèmes, j'avais fini par arrêter mes virées en tout genre. C'est à cette époque que j'ai rencontré une jeune fille, Valérie, qui plus tard deviendrait ma première femme. Je ne bougeais plus une oreille et j'avais retrouvé, au sein de sa famille, une existence dont la normalité, pour ne pas dire la banalité, m'enchantait. Je passai mon bac brillamment, et mes rapports avec ma mère et mon beau-père s'établirent au beau fixe. J'ai le souvenir d'une période d'harmonie et de sérénité qui me semble, encore aujourd'hui, une passerelle de bonheur entre deux maelströms.

Inscrit à la Sorbonne, je m'installai dans une vie douillette d'étudiant studieux, partageant le quotidien de ma belle-famille bourgeoise qui m'avait donné asile. J'allais y trouver une paresseuse stabilité. Ces gens partaient travailler à neuf heures, revenaient à dix-huit heures, passaient à table à dix-neuf heures et bouclaient leur soirée devant la télé. Cette espèce de train-train monotone me fascinait et me rassurait. Ma mère était agacée non par le fait que j'aie fui ma propre famille, mais de ce que je sois parvenu à m'en construire une autre. Un jour, elle m'annonça qu'elle quittait Vincennes pour s'installer à Montfort-l'Amaury, aux « Mousseaux », maison héritée de son père Yves Allégret. L'événement peut paraître anecdotique, mais ce déménagement eut des conséquences importantes sur la suite de mon existence. Pour ma mère, ce nouveau déménagement était une ultime tentative de recréer Autheuil, pour moi c'était l'exil. Je ne me voyais pas à quarante kilomètres de Paris, loin de la fac, loin de mes copains, loin de ma famille d'adoption. J'avais dix-neuf ans, et la perspective d'aller vivre à la campagne m'apparaissait comme une aberration.

Ma mère réagit plutôt bien.

– Il y a une chambre de bonne au-dessus de

l'appartement de Montand, place Dauphine. Si tu veux, tu peux l'occuper.

J'étais aux anges d'acquérir une indépendance inespérée. Quatorze mètres carrés sous les toits, une douche en plastique et les toilettes sur le palier : c'était étroit mais c'était mon royaume ! J'avais mon chez-moi et je m'y sentais merveilleusement bien. Surtout il y avait Montand. Lorsqu'il se trouvait à Paris, il passait à la « Roulotte », l'appartement mythique que Mamie et lui avaient loué place Dauphine. C'était un minuscule duplex, bas de plafond – où Montand devait baisser la tête sous les portes –, surchargé d'histoires et de souvenirs. Le musée Montand-Signoret. De temps à autre je descendais le voir. La plupart du temps, il est vrai, pour lui soutirer de l'argent. Il était généreux avec moi. Parti de rien et devenu « riche », il avait toujours l'habitude de se promener avec une liasse de billets de cinq cents francs, roulée dans la poche.

Je n'avais pas besoin de mendier : à la fin de chaque visite il sortait sa liasse, détachait deux ou trois billets, et me les remettait en disant : « Profites-en, mais ne dis rien à ta mère ! » Je m'en gardais bien, d'autant qu'elle n'était plus si généreuse envers moi, et qu'elle m'avait pratiquement coupé les vivres après quelques engueulades. Elle récusait la manière dont je menais ma vie et mes études. Montand m'avoua un jour que, lorsqu'elle était jeune, il lui donnait aussi de l'argent à l'insu de Mamie.

Avec Montand, nos conversations tournaient surtout autour du sexe. C'est à cette époque que je compris que sa relation avec Carole était antérieure à la mort de Mamie. Autant il était pudique sur ses sentiments, autant il pouvait être cru et cruel dans ses propos sur les femmes. Je ne l'ai jamais entendu dire d'une femme, à l'exception de Mamie, qu'il l'avait aimée. En revanche, il me racontait en détail ses exploits sexuels et les difficultés qu'il rencontrait aujourd'hui dans sa vie amoureuse. Paradoxalement, lorsqu'il se changeait devant moi, il se détournait pour se déshabiller. J'ai toujours été étonné de cette pudeur qui cadrait mal avec la liberté de ses propos.

L'éternel sujet de nos discussions était Mamie. Il continuait à l'engueuler comme il l'avait fait tout au long de sa vie. Dans la Roulotte, où elle était omniprésente, il revivait les discussions qu'ils avaient eues ensemble et qui n'avaient jamais cessé. Je l'ai plusieurs fois entendu l'interpeller à haute voix : « Mais tu m'entends, Simone ! Tu m'emmerdes ! Tu m'as toujours emmerdé ! Même maintenant tu continues à m'emmerder ! Qu'est-ce que tu veux que je fasse, hein ? Que je me tire une balle dans la tête ? Et qu'est-ce que je fais, moi ? J'arrête de vivre ? » La violence avec laquelle il s'exprimait me renvoyait à une scène à laquelle j'avais assisté à Autheuil et qui m'avait alors beaucoup marqué.

J'étais tout jeune. Une discussion orageuse entre Mamie et lui venait d'éclater. La raison en était certainement futile, mais le ton monta. Mamie lui tenait tête avec autant de gueule. Soudain Montand s'était levé, rouge de colère, avait empoigné Mamie par les cheveux et l'avait littéralement traînée dans le couloir sur une quinzaine de mètres, depuis la salle à manger jusqu'à la salle de télévision. J'étais pétrifié, à entendre les hurlements de Mamie. Leurs engueulades étaient célèbres et redoutées dans le petit cercle qui fréquentait Autheuil. Cela ne cadre pas vraiment avec l'image idyllique que l'on avait d'eux, mais la réalité était complexe. Certes, ils étaient un vrai couple, mais un vieux couple.

Montand en voulait maintenant à Mamie d'être morte et de l'avoir laissé seul. En vieil enfant gâté et capricieux, il me donnait le spectacle de son désespoir.

C'est pendant cette période que je suis devenu son interlocuteur privilégié, quoique n'ayant pas à proprement parler de réels échanges. Je me contentais le plus souvent de l'écouter. En fait, j'étais devenu son défouloir, ce qui lui permettait de balancer ce qu'il avait sur le cœur sans grands risques, ni pour son image ni pour son ego. Il terminait notre entretien par quelques billets qui achetaient ma patience et mon silence. Je n'étais pas à l'abri de sa méchanceté ni de son désarroi. Je dus, moi aussi, payer cher ses confidences. Un jour, je fus convoqué à la Roulotte par un Montand extrêmement nerveux. Dès mon arrivée, il m'attaqua de front :

– Dis donc, Benjamin, tu parles de moi en m'appelant ton grand-père ! C'est exact ?

Je bredouillais que « oui, je l'avais toujours considéré comme mon grand-père... ».

– Eh bien, cela doit cesser. Je ne suis pas ton grand-père ! Tu le sais parfaitement. Je suis ton copain, mais je ne suis pas ton grand-père ! Je t'interdis dorénavant de m'appeler grand-père !

– Mais...

– Tu n'es pas mon petit-fils ! Tu le sais, réponds !

– Oui, je le sais.

– Bon ! Moi, j'ai rencontré ta Mamie, et toi, tu es arrivé ensuite. Je n'ai jamais été ton grand-père, c'est comme ça, et je ne veux plus que tu dises cela ! Que ce soit bien compris !

Comment exprimer la peine qu'il me fit ce jour-là ! J'étais anéanti. Mes émotions se bousculaient. Tour à tour le chagrin, la colère et la honte me submergèrent. Je sentis des sanglots monter dans ma poitrine. Tous ces souvenirs de bonheur ensemble s'évanouissaient. Montand me reniait, et rayait, à cette minute, les plus belles images de mon enfance.

C'est ce même homme qui m'a offert l'un des plus extraordinaires moments de mon existence de petit garçon. Le secret avait été bien gardé. On m'avait dit : « Tu vas accompagner Montand à l'aéroport, il part en Amérique en Concorde. Si tu es sage, tu pourras visiter le poste de pilotage. » Le jour dit, je le rejoins à Roissy avec ma mère et une amie. Tout le monde chez Air France est dans la confidence. Comme prévu, les hôtesses me font visiter l'avion mythique, puis le commandant de bord m'accueille dans son royaume. Émerveillé, je détaille le poste de pilotage et ses trésors de technologie. Des centaines de cadrans et de boutons fluorescents illuminent le cockpit. Soudain on annonce le verrouillage des portes. Tous les passagers sont assis. Montand m'empoigne avec sa grosse main et me lance : « Allez, je t'emmène ! » Je n'arrive pas à y croire. Il m'assoit à son côté et, de bonheur, je sombre dans un sommeil profond. À mon réveil, le Concorde est en train d'atterrir à New York. Il fait un froid de gueux, et la ville est ensevelie sous un mètre de neige. Montand semble heureux. Il se comporte avec moi comme un « grand-père » prodigue : il me fait découvrir les palaces et la vie des *beautiful people.*

À l'hôtel, trois suites nous étaient réservées. Je fus comblé de joie en découvrant que je disposais d'une chambre pour moi tout seul. Et, cerise sur le gâteau, j'avais la télévision ! Dans ces années-là, en France ce n'était pas courant et j'interprétai ce détail comme un luxe extrême. Blotti dans mon lit, je regardais en boucle des dessins animés. Le matin nous prenions notre petit déjeuner ensemble : des *scrambled eggs* avec des « sauss-ai-dges » qu'il commandait avec l'accent tonique. L'après-midi, sous la neige, nous allions nourrir les écureuils dans

Central Park. Le soir nous partions en limousine à Broadway pour assister à quelques spectacles : *A Chorus Line* et *Annie.* C'était l'Amérique.

Le voyage s'est poursuivi à San Francisco où il m'a donné la première mandale de ma vie. Nous marchions sur le Golden Gate, l'énorme pont qui enjambe la baie, lorsque soudain je lâchai sa main et partis en courant, enivré par l'espace infini qui s'offrait. J'imaginais pouvoir le traverser d'une traite. Montand eut peur. Il courut derrière moi, me rattrapa et me gifla violemment : « Ne refais jamais ça ! Imagine que quelqu'un t'ait jeté pardessus la rambarde ! » En disant ces mots, il me prit à bras-le-corps et mima le geste de me précipiter dans le vide. Puis nous partîmes à Los Angeles, continuant notre voyage de suites en appartements tous plus somptueux les uns que les autres. Je me mettais à prendre goût à cette vie féerique.

– Demain, on va à Disneyland.

– C'est quoi, Disneyland ?

– Tu verras demain. Dors bien.

Je n'avais pas oublié la gifle de San Francisco et tous ces périples commençaient à entamer mon enthousiasme. *Encore une nouvelle ville à visiter, j'en ai marre ! Je préfère regarder des dessins animés à la télé ! C'est décidé, je vais raconter que je suis malade...* Le lendemain, il m'emmena « faire Mickey ». Finalement, j'étais aux anges : Montand m'a suivi dans tous les manèges, se faisant saucer allégrement sur la rivière des pirates, repliant sa grande carcasse dans les tasses de Pinocchio, arpentant Main Street le nez au vent, tandis que le mien était plongé dans une énorme glace à la framboise. Nous avons bouclé notre aventure de trois mois à Las Vegas où Montand jouait au poker une bonne partie de la nuit. Pendant ce temps, je me délectais devant la télé *King size*, perdu dans ma suite vaste comme un studio de la MGM. Ce voyage est resté l'un de mes plus précieux souvenirs. Je n'ai jamais compris ce qui avait motivé Montand pour m'emmener avec ma mère dans ce long périple américain. Je veux croire que c'était une manifestation de sa tendresse envers moi...

– Je ne suis pas ton grand-père !

Par ces mots cruels, Montand venait de fracasser mes plus précieux souvenirs, et je restai, les bras ballants, incapable de formuler un mot, déglutissant nos moments de bonheur pour ne pas m'effondrer. Il se détourna un instant, puis mit la main à la poche et sortit son rouleau de billets, dont il détacha une grosse liasse.

– Tiens, prends ça. Cet argent, je te le donne parce que j'ai envie de te le donner. Pas parce que tu es mon petit-fils, mais parce que tu es mon copain et que je t'aime bien !

J'aurais dû avoir le courage de lui répondre : « Je n'en veux pas, de ton pognon ! Si je ne suis plus ton petit-fils, je ne suis plus ton copain ! » Mais je ne l'ai pas fait. J'ai pris l'argent et je suis parti en disant « merci ! ».

Une seule explication : Carole avait dû motiver ce cruel reniement. Quelque temps auparavant, elle avait paru contrariée de m'entendre prononcer le mot « grand-père » à propos de Montand. La façon dont je me conduisais jusqu'ici m'était maintenant reprochée. J'avais pu vérifier la justesse de mon intuition en insistant volontairement sur le mot « grand-père » à plusieurs reprises dans les conversations. Carole m'avait semblé agacée, mais s'était gardée de toute réflexion. J'en avais conclu qu'elle avait dû incidemment en faire la remarque à celui qui demeurait mon grand-père.

Carole prenait de plus en plus d'importance dans la vie de Montand et apparaissait ouvertement à ses côtés. Elle avait joué assez longtemps *back stage* pour revendiquer maintenant un statut de compagne officielle et l'accompagnait dorénavant dans ses voyages et ses sorties mondaines. Plusieurs magazines avaient entériné publiquement cette liaison par des photos et des gros titres. Il est vraisemblable qu'elle souhaitait détacher Montand d'une tribu dont elle avait été écartée jusqu'à la mort de Mamie. Elle voulait le garder pour elle seule. Un à un, tous les liens qui reliaient Montand à son passé se coupaient. C'est ainsi qu'il m'apprit qu'il allait quitter la place Dauphine pour s'installer avec elle dans un appartement qu'il avait acheté boulevard Saint-Germain.

Dès ma première visite, il m'apparut clairement que cet appartement allait à Montand comme un tablier à une vache. Lui qui adorait le foutoir chic, détestait les décorateurs et les effets du luxe petit bourgeois, qui se piquait de déco moderne intello friquée, se retrouvait plongé dans un intérieur conventionnel inspiré du *Figaro Magazine*. Peut-être avait-il changé. Avait-il été réellement heureux dans cette famille, imposée par Mamie, et dont notre pérennité lui rappelait forcément sa disparition ? Famille qu'il aimait certes, mais qui n'était pas la sienne. Ses origines italiennes ne le poussaient-elles pas, en vieillissant, à créer les liens de sang que Mamie ne lui avait pas donnés ? Notre famille n'était pas dupe des volontés de Carole. Cette attitude n'avait rien d'exceptionnel et traduisait un instinct féminin assez commun. Il faut le reconnaître, les hommes s'y plient souvent sans grande résistance...

La naissance du petit Valentin en constitua la parfaite démonstration. J'appris par ma mère que Carole était enceinte. Elle me fit d'ailleurs remarquer qu'« un bonheur n'arrive jamais seul ! Regarde, Carole est enceinte et je viens juste d'être adoptée par Montand ! ». À l'annonce de cet heureux événement, celui-ci réagit d'une manière violente, qui ne m'étonna pas, même si elle me scandalisa. À son tour Carole fut victime de la méchanceté de Montand et dut supporter la brutalité de son égoïsme et l'intransigeance de sa réaction. En apprenant la nouvelle, Montand l'avait aussitôt quittée. Je fus le témoin muet et impuissant de ces événements qui prirent des tournures dramatiques. « Tu le sais, petit, je n'ai jamais voulu cette grossesse ! » Il avait demandé à Carole d'en tirer les conséquences, ce qu'elle avait naturellement refusé. Pour Montand, qui n'avait jamais pu avoir d'enfant avec Mamie, il était inconcevable d'en avoir un à soixante-huit ans. Il avait demandé à ma mère de régler le problème entre femmes. Je n'ai pas compris pourquoi ma mère accepta de se mêler d'une histoire où il était, pour le moins, maladroit qu'elle intervienne ! Mais comme toujours, Montand faisait appel à maman dans les moments difficiles.

Pourtant, j'assistai à une conversation téléphonique orageuse entre Carole et ma mère, où celle-ci lui demandait de respecter le souhait de Montand. Je ne sais quelle fut la réponse de Carole, mais cette intervention n'a pas arrangé les relations entre elles. La situation s'envenima. Montand était en plein délire. Il me racontait ses cauchemars : « J'ai rêvé cette nuit que je transperçais une photo de Carole avec un coupe-papier. » Carole, qu'il avait menacée de mettre à la porte, fit changer les serrures de l'appartement de Saint-Paul-de-Vence. Puis, constatant que Montand s'obstinait dans son attitude, elle choisit de disparaître quelque temps. Ce qui était, semble-t-il, la bonne décision. Les choses se calmèrent peu à peu et Montand accepta cette paternité qui lui était imposée. Il fit la paix avec Carole, par un de ces revirements soudains dont il était coutumier. Il se mit à évoquer la naissance prochaine de son enfant avec un sincère bonheur. Il me disait en me regardant attentivement : « Tu sais, je suis content d'avoir un fils. Ce qui me chagrine, c'est que je ne le verrai pas lorsqu'il aura ton âge. » Je sentais qu'à travers moi, il tentait de s'imaginer Valentin et, pour cette raison, continuait à maintenir une relation privilégiée entre nous. Je le voyais très régulièrement. Il s'était apaisé bien qu'il continuât d'entretenir virtuellement ses éternelles scènes de ménage avec Mamie. Il ponctuait régulièrement nos rencontres d'un « ta grand-mère, qu'est-ce qu'elle m'a fait chier ! » ou encore d'un « ta grand-mère, elle n'était pas facile ».

En revanche, avec le reste de la famille, la fracture était consommée. Les choses ne furent jamais plus comme avant. Je pense qu'il n'était pas fier du rôle qu'il avait fait jouer à ma mère. Carole, quant à elle, ne pouvait pardonner à « Cathou » de s'être ainsi immiscée dans leur vie. Il se réinstalla avec Carole, et je sais que la naissance de Valentin fut l'un des plus tendres événements de sa vie. Elle ne devait plus être très longue. Comme s'il avait décidé de solder ses comptes, quelque temps plus tard, il me fit un cadeau. Hervé Hamon et Patrick Rotman venaient de publier un livre d'entretiens avec lui, *Tu vois, je n'ai pas oublié.* Il m'en offrit un exemplaire qu'il me tendit avec les yeux rieurs et un large sourire.

– C'est pour toi. Regarde, il y a une dédicace à l'intérieur.

J'ouvris le livre un peu surpris et je lus : « À mon petit-fils chéri, à mon petit-fils adoré. Ton Papet qui t'aime, ton Papet à toi. Mais chut, ne le dis à personne. »

# 6

J'ai fumé mon premier pétard à dix-huit ans, et ça ne m'a pas plu. Je faisais du sport, je ne fumais pas, je ne buvais jamais d'alcool, mais, allez savoir pourquoi, je me suis mis à jouer au casino un an plus tard. Rien ne semblait me disposer à devenir un joueur quasi professionnel, c'est pourtant ce que je suis devenu, à l'insu de mes parents, de ma future belle-famille et du monde en général. À cette époque, ma vie s'organisait gentiment entre Saint-Mandé où habitaient Valérie et ma famille d'adoption, la fac où j'avais entrepris des études de sciences économiques – au grand dam de ma mère et de ses amis saltimbanques –, et ma petite chambre place Dauphine, où j'entretenais des rapports épisodiques mais lucratifs avec Montand.

Deux ou trois fois auparavant, j'avais déjà mis les pieds dans un casino à Nice et à Cannes, sans que cela ne me fasse ni chaud ni froid. J'avais joué cent francs et j'étais reparti avec cent francs sans éprouver la moindre sensation ni la plus petite excitation. Je crois que c'est la médiocrité de mon existence et la monotonie dans laquelle je me vautrais complaisamment qui me poussèrent à rechercher un moyen d'exister. Ma mère me gratifiait d'une petite mensualité de mille cinq cents francs et j'arrondissais mes fins de mois avec les largesses de Montand. Je possédais une 205 et un petit pécule remis pour l'obtention de mon baccalauréat. Tout cela me permettait de financer une vie d'étudiant sans grand lustre. Cette situation n'avait rien d'exaltant et, pour tout dire, je m'ennuyais ferme, même si sournoisement je donnais l'impression d'être parfaitement intégré dans cette existence bourgeoise qu'en réalité je subissais beaucoup plus que je ne la contrôlais. Je traversais une crise existentielle banale, dont je dissimulais soigneusement les dégâts à mes proches. Je voulais m'épargner une catastrophe. J'avais payé pour savoir que la vie n'est pas un long fleuve tranquille et un élémentaire instinct de conservation m'avait poussé jusqu'alors à faire le loir.

Le jeu n'était donc pas une quelconque fuite en avant ou une pulsion destructrice. J'étais tout simplement en quête d'une passion qui donnerait un sens à mon existence. Celle-ci m'entraîna dans une aventure secrète, dont le cadre ressemblait à un château de sucre candi, à la poursuite d'une petite boule blanche trébuchant follement sur une ronde de numéros magiques. Au casino d'Enghien-les-Bains, je résolus de jouer « Benji au pays des Merveilles ». Si ma décision fut brutale, mes premiers pas furent, eux, circonspects : j'avais décidé de me risquer au jeu, mais mon solide bon sens me retint de suivre les chemins périlleux d'Alice à la recherche du Lapin blanc. Pas question de sombrer dans le grand trou noir.

Avec un soin extrême, je préparai cette première visite au casino comme un acteur soigne sa mise avant d'entrer en scène. J'inventai un prétexte plausible pour me ménager ma soirée et ma nuit. Je rentrai chez moi, pris une longue douche chaude, me rasai de frais et me parfumai. J'enfilai une chemise impeccable, choisis un costume sombre, et nouai lentement ma cravate. Je pris soin de cirer mes chaussures sans maculer mes affaires. Puis je me lavai les mains en insistant particulièrement sur la propreté de mes ongles. Habituellement, j'effectuais ces préparatifs avec rapidité et désinvolture. Pour l'occasion, je pris mon temps, désirant donner un caractère solennel à l'aventure que je m'apprêtais à vivre. Celle-ci devait durer presque deux ans. Chaque fois que je partais jouer, je répétais scrupuleusement ce cérémonial, comme d'autres revêtent leur habit de lumière ou leurs ornements sacerdotaux. Pour accentuer le caractère clandestin de ma démarche, j'avais garé ma voiture dans une petite rue, loin de mon domicile. Et c'est le cœur battant que je me faufilai par l'escalier de service, priant pour que personne ne me vît et ne pût soupçonner mon mauvais coup !

La première fois que je me suis présenté au casino d'Enghien, on m'a demandé ma carte d'identité. Puis on m'a fait payer une cotisation avant de me lâcher dans la salle de jeu. La deuxième fois, les physionomistes, qui surveillent l'entrée, vous gratifient d'un « bonsoir, monsieur, comment allez-vous ? ». La troisième fois, ils vous donnent du « bonsoir, monsieur Castaldi, content de vous revoir ! » long comme le bras, et ne vous demandent plus rien : vous êtes devenu un habitué ! Lors de mes nuits initiatiques, il m'arriva le pire cauchemar du joueur débutant. Le premier soir, je ne perdis rien. Le deuxième soir, je gagnai une somme ridicule. Le troisième soir, en misant trois mille francs, je repartis avec dix-neuf mille sept cents francs. J'avais l'impression de faire de nets progrès qui se traduisaient par le froissement d'une liasse de billets dans ma poche. Je n'avais jamais gagné tant d'argent aussi facilement. Indéniablement, le casino était un excellent moyen de s'assurer une confortable situation tout en s'amusant. Alors pourquoi se casser la tête à poursuivre des études longues et fastidieuses ? S'agissait-il d'un bon sens pratique ou de la manifestation de ma mauvaise conscience, je m'interdis de répandre la nouvelle dans ma famille et auprès de mes proches. Je ne changeai rien à ma manière de vivre et demeurai pendant la journée le brave petit Dr Jekyll, dans l'attente de me transformer la nuit en Mr Hyde, terreur des tapis verts et roulettes. Je poursuivais sagement mes cours à la fac et endossais le rôle du gendre idéal. Je commençais à gagner de l'argent. Beaucoup d'argent.

J'avais la faiblesse de croire que ma bonne fortune s'appuyait sur un principe mathématique, et que j'avais réussi à « baiser le casino » grâce à une martingale. Pour l'heure, ça marchait et je gagnais ! J'y voyais un côté diabolique qui m'enchantait. Tout débuta pendant un cours de statistiques à la fac. Mon prof de maths, particulièrement brillant et allumé, avait éveillé notre curiosité. Dans le dessein de provoquer chez ses étudiants une étincelle d'intérêt pour sa matière, il tenta de nous démontrer par A + B qu'il était possible de déjouer le Loto sportif et les casinos. Inutile de préciser que je m'installai aussitôt au premier rang de l'amphi et qu'il n'y eut pas étudiant plus assidu que moi.

Son raisonnement était le suivant : miser sur le bon tiers de la roulette pour augmenter ses chances. Selon lui, sur la base de quinze numéros, il était scientifiquement prouvé qu'il ne fallait pas miser sur des numéros éloignés les uns des autres. Il convenait absolument de miser sur des numéros rapprochés. Statistiquement, affirmait-il, les numéros n'ont pas la même probabilité de sortir : il suffit donc de miser sur le bon tiers de la roulette pour démultiplier ses chances de gagner. J'appliquais résolument cette technique qui, à ma grande joie, fonctionnait. Plutôt bien d'ailleurs. Je perdais quelquefois, mais le plus souvent je gagnais et, grâce à une gestion avisée d'un capital qui commençait à devenir conséquent, je rentrais chaque soir les poches pleines. Ah, la belle vie !

Au vu de mon relevé bancaire, mon banquier m'avait généreusement alloué une carte Visa Premier. J'avais pu changer de voiture et m'offrir une Golf VR6. Lorsque, vers cinq heures du matin, je descendais les marches du casino d'Enghien, regardant le soleil du mois de mai se lever sur la ville endormie, je me sentais le roi du monde. Ma veste sur l'épaule, la cravate dénouée sur ma chemise ouverte dans la tiédeur du petit matin, j'allais nonchalamment vers ma voiture, respirant à pleins poumons la joie d'être en vie et de gagner de l'argent. Je buvais une dernière coupe de champagne. Les bulles frétillantes redonnaient à mon cerveau embrumé par la fièvre du jeu et la fumée des cigares une indécente légèreté. Je rentrais alors sur Paris, faisant vrombir mon bolide, pour prendre mon petit déjeuner dans un bistrot du quai Conti. Je savourais alors les derniers moments de l'apprenti Gatsby le Magnifique avant de m'en retourner à ma vie estudiantine.

La vie que je menais à cette époque n'est possible que lorsqu'on a vingt ans. Je jouais presque toutes les nuits, et pendant la journée j'assurais un « service minimum » tant à la fac que dans ma vie privée. Personne ne se doutait de mon secret, j'étais devenu expert dans l'art de la dissimulation. Pour noyer les soupçons, j'évitais d'étaler ma nouvelle aisance financière. Tout juste si je me permettais quelques bons restaurants et autres cadeaux. En réalité, je ménageais mon pécule pour continuer à jouer chaque soir. Cependant ce plaisir honteux et solitaire commençait à me peser. Plus j'acquérais d'assurance au jeu, plus l'envie de partager cette vie fastueuse mais clandestine me taraudait. Il m'était impossible de mettre mes proches dans la confidence. Il me fallait trouver quelqu'un à qui me confier. J'eus plusieurs tentations. Les salles de jeu sont envahies de femmes, que la passion rend fiévreuses et vulnérables quand la chance leur fait défaut. Il me plaisait de quitter le casino à l'aube et d'entendre les claquements de talons hauts derrière moi.

– Monsieur, s'il vous plaît, attendez-moi.

Je me retournai pour détailler une jolie femme de trente-cinq ans, élégamment habillée, dont les yeux accusaient les doux cernes d'une nuit blanche. La poitrine soulevée par un essoufflement feint, elle s'approcha avec un sourire complice.

– Pouvez-vous me ramener, je n'ai plus d'argent pour payer mon taxi !

– Bien sûr, ma voiture est garée juste là-bas...

J'avais envie de faire l'amour parce que j'avais gagné, elle en avait envie parce qu'elle avait perdu. L'avantage de ces amours-là, c'est que, aussi légers qu'un tour de boule, ils laissent la place aussi nette qu'un tapis vert après que le croupier a ratissé les mises.

Peu à peu, je me détachais de la réalité. Je n'avais ni souci ni envie, et chaque soir je m'inventais une nouvelle vie. Un matin, il devait être quatre heures, je m'étais arrêté à une station-service pour faire le plein. La radio annonçait la guerre du Golfe mais je n'en avais strictement rien à faire. Sérieusement atteint par le virus du jeu, l'actualité du monde n'avait plus aucun intérêt pour moi. Mon seul et unique problème était la fermeture du casino d'Enghien le week-end. Alors je m'inventais des séances de travail chez un copain, afin de partir jouer à Deauville. J'y ai beaucoup joué et beaucoup perdu.

Ce personnage de joueur professionnel, notant ses coups et ses mises, faisant la balance de ses gains et de ses pertes, commença à se fissurer lorsque mes débits eurent raison de mes finances. Je sollicitai auprès de mon banquier un prêt étudiant qui me permit, sous le fallacieux prétexte de payer mes études, de financer mes virées nocturnes au casino. Fort de cette nouvelle cagnotte, je jouais gros. Je gagnais plus, et je perdais davantage. En près d'un an, j'ai ainsi fait tourner sur mon compte en banque plus de deux millions de francs.

Cette double vie se transforma en enfer. Mes mensonges devenaient ingérables, les soupçons et les réflexions m'emprisonnaient dans un filet dont je rêvais de me libérer : « Oui, je joue tous les soirs, oui, je gagne énormément d'argent mais je vous emmerde ! » Je n'en eus jamais le courage. Peut-être ne me prenais-je pas véritablement au sérieux, sachant que je jouais une comédie dont je voulais connaître l'épilogue. Peut-être aussi tout simplement par trouille ! De la même manière que j'évitais de me mettre en danger au casino, je ne souhaitais pas non plus perdre le confort de ma vie personnelle. Il n'empêche que j'étais salement atteint. Je ne cherchais pas encore à jouer le tout pour le tout – la drogue des vrais joueurs – mais je n'en étais pas très loin. Je cheminais au bord du précipice, je le frôlais à petites touches. Si mes finances me permettaient une perte de mille cinq cents francs par soir, je montais sans hésiter à deux mille. Si c'était cinq mille, j'allais jusqu'à sept mille. Et chaque fois un peu plus... J'en étais arrivé à perdre quinze mille, vingt mille, trente mille francs par nuit ! À ce rythme-là, mon prêt étudiant fut mangé vite fait bien fait et mon bas de laine à la banque aussi. Maintenant, je jouais pour combler mon découvert ! Je m'acharnais toutes les nuits. Je bénéficiais auprès du casino de petits sursis, qui me firent plonger plus profond. J'étais fatigué. J'accusais le poids de ces nuits sans sommeil, combiné aux soucis des pertes qui s'accumulaient sur mes épaules.

Une nuit, je m'endormis au volant et percutai un mur. Sans gravité heureusement, mais je dus encore mentir : « C'est en sortant du parking de la fac... » Mes retours à Paris n'avaient plus rien de glorieux : je me traitais de tous les noms : « Tu n'es qu'une pauvre merde. Comment tu vas faire pour t'en sortir ? Tu n'as pas honte ? » Le lendemain j'y retournais et c'était reparti pour un tour. J'étais devenu paranoïaque : convaincu que le casino me laissait gagner pour me faire perdre trois fois plus ensuite. J'essayais vainement de déjouer leur hypothétique stratégie. J'étais dingue !

C'est mon père qui m'a sauvé du naufrage, sans vraiment mesurer dans quel pétrin je m'étais fourré. J'en étais à vendre mes pompes, mes costards et mes raquettes de tennis. Arrivé à ce stade, on n'est pas loin de piquer dans la poche de son voisin. C'est ce que je fis en « empruntant » la Carte bleue d'un ami. Je ne m'en suis pas servi, et l'ai remise dans son portefeuille, mais je l'avais bel et bien piquée pour tirer de l'argent au distributeur ! Ce sont les flics des Renseignements généraux qui ont alerté mon père : il avait, aux RG, une ou deux relations qui l'ont amicalement prévenu. Mon père me coinça un matin :

– Qu'est-ce que tu fous au casino tous les soirs ? Les flics des RG m'ont prévenu que tu allais à Enghien régulièrement.

– Non, pas régulièrement... J'y vais avec des copains pour m'amuser de temps en temps.

– Ne me raconte pas de blagues : non seulement tu joues tous les soirs, mais tu joues gros ! Tu es catalogué dans les gros joueurs. Où trouves-tu l'argent ?

– Ne t'inquiète pas, c'est pas méchant... Je me suis laissé entraîner quelquefois.

– Tu es en train de déconner et tu vas me faire le plaisir d'arrêter immédiatement ! Tu ne crois pas que tu vas pouvoir continuer comme ça longtemps ! Tu ne t'imagines quand même pas qu'on peut gagner sa vie à la roulette, autrement que comme croupier ou taulier ! Si tu le penses, tu n'es qu'un petit con !

Les flics des RG avaient dû lui faire un rapport complet, car il semblait parfaitement au courant des sommes jouées : le petit-fils de Simone Signoret dilapidait l'héritage au casino ! Tu parles d'un scoop ! Sans que j'en aie eu conscience, la nouvelle avait fait le tour du petit milieu des flambeurs. Moi qui m'imaginais dans la peau d'un joueur professionnel, j'étais considéré comme un jeune cave jetant sa gourme et dilapidant ses sous ! La leçon était sévère, et mon orgueil en prit un sacré coup, d'autant que, toute la famille étant maintenant au fait de mes virées nocturnes, celles-ci n'avaient plus le même parfum d'aventure et de liberté. Aussi soudainement qu'il m'avait envoûté, je fus délivré du démon du jeu. Grâce au diable vert, j'avais toutefois acquis mon indépendance. Cela peut sembler étrange de fonder sa liberté sur une dépendance, mais à vingt ans on n'est pas à une contradiction près. Au fond de moi, je savais que j'étais gagnant ! J'avais réussi à me prouver que je pouvais entreprendre quelque chose par moi-même, sans piston, sans modèle, sans guide. Au fond, j'étais assez fier d'avoir pu générer clandestinement des millions, à partir d'un ridicule prêt bancaire. Même si tout cela s'était bel et bien envolé en fumée, je n'étais plus le petit Benji, j'avais été un temps « Monsieur Castaldi ». Et j'avais bien l'intention de le redevenir.

Le jeu ne m'avait pas apporté la fortune à laquelle j'avais droit, j'allais donc être raisonnable et me lancer dans les affaires ! Cependant mes origines sociales ne me destinaient pas vraiment à cet exercice. Les enfants de saltimbanques ne sont pas élevés comme les autres. Et j'étais vraiment un « enfant de la balle »... Je ne manifestais pas de prédispositions aux affaires. Tout juste avais-je montré un semblant d'indépendance en choisissant des études de sciences économiques. C'était en grande partie par défi vis-à-vis de ma famille, mais surtout par calcul. Je m'étais aperçu qu'il y avait autour de moi pas mal d'argent. J'imaginais qu'il faudrait bien, un jour, que quelqu'un s'en charge sérieusement. Tout naturellement, je pensais être l'homme de la situation. « The r-ai-ght man in the r-ai-ight pl-ai-ce ! »

comme disait Montand. J'avais même caressé l'idée de m'occuper de ses affaires. Montand qui venait, quelques mois auparavant, de découvrir le distributeur de billets et la Carte bleue était la cible rêvée pour conduire avec brio mes nouvelles ambitions professionnelles : la gérance de fortune.

Mes premiers ballons d'essais auprès de Montand, à qui je vantais les bienfaits de l'investissement en bourse et en produits financiers, n'atteignirent pas le but recherché. Il confiait à son pianiste et vieil ami, Bob Castella, toutes ses économies. Et ce depuis toujours. Et Bob, qui devait avoir à l'époque pas loin de quatre-vingt-dix ans, plaçait tout à la Caisse d'épargne. J'étais persuadé de pouvoir faire mieux et, au passage, d'en tirer une commission substantielle. Je voulus tenter ma chance. N'étant pas complètement stupide, j'avais saisi qu'il me fallait faire mes preuves. C'était le seul moyen de convaincre Montand. Certes, je n'avais pas donné jusqu'ici la pleine mesure de mes moyens ! Je décidai de me lancer dans la livraison de pizzas à domicile en m'associant avec un homme d'affaires. Je vendis tout ce que j'avais – c'est-à-dire ma voiture – pour financer mes parts dans « La Fringale : pizza à domicile ». Ce n'était pas une si mauvaise idée : les grandes chaînes de pizzas n'étant pas encore trop développées en France à l'époque, j'étais persuadé qu'avec les relations de la famille, je traiterais bientôt tout le show-business.

Je me mis au travail comme un forcené, abandonnant la fac pour me consacrer corps et âme à la pâte à pizza. Mon acolyte et moi avions aménagé notre « chaîne de fabrication » au fond d'une cour. Nous étions pleins d'idées et déterminés à réussir. Notre ambition était de créer une chaîne de pizzas portant notre marque à travers toute la France et pourquoi pas à l'étranger. Je m'étais bombardé « directeur commercial » et m'occupais, outre la fabrication des pizzas, des relations publiques et des opérations spéciales. C'est ainsi que je livrai personnellement à Montand une pizza qu'il avait commandée tout à fait officiellement. Enfin presque. Je fis la même chose pour Christine Ockrent, en lui apportant à France 2, tout rougissant de plaisir, une pizza « Fringale » qu'elle avait eu la bonté – ou la faiblesse – de me commander. Mon plongeon dans les affaires était diversement apprécié dans la famille. Mon père, avec son franc-parler habituel, ne m'avait pas caché qu'il trouvait ridicule que j'abandonne mes études pour vendre des pizzas. En revanche, ma mère considérait d'un bon œil que je me prenne enfin en main.

J'étais euphorique, je travaillais dix-huit heures par jour et bouillonnais de nouvelles idées. C'est ainsi que je me lançai, entre deux pizzas, dans l'édition. L'édition de luxe, bien entendu. L'idée en était venue à mon associé à l'occasion de la commémoration du 500e anniversaire de l'expulsion des juifs d'Espagne. Événement considéra-

Montand, Mamie et maman en vacances près de Cagnes-sur-Mer, en juillet 1951.

Avec Mamie en 1976 à Autheuil : « Nos bulles de savon et nos parties de crêpes ont fini par se mélanger et former une saveur inoubliable comme ses baisers. »

Document personnel.

Avec ma mère, Catherine Allégret, et mon père, Jean-Pierre Castaldi, en 1974 dans l'appartement de Neuilly.

Document personnel.

« Ma mère m'aimait et je n'eus jamais aucun doute à ce sujet. »

Mamie en 1961.

Maman et Montand à La Colombe d'or en août 1965 : « Ce lieu mythique a hébergé les secrets de notre histoire familiale. »

Mamie et Montand en 1959 : « Lorsqu'il se trouvait à Paris, Montand passait à la Roulotte, l'appartement que Mamie et lui avaient loué place Dauphine. »

Avec Marilyn Monroe, en 1960, lors du tournage du *Milliardaire* : « Je vais te raconter comment ça s'est réellement passé. »

En juillet 1961 à Paris, Mamie et Montand.

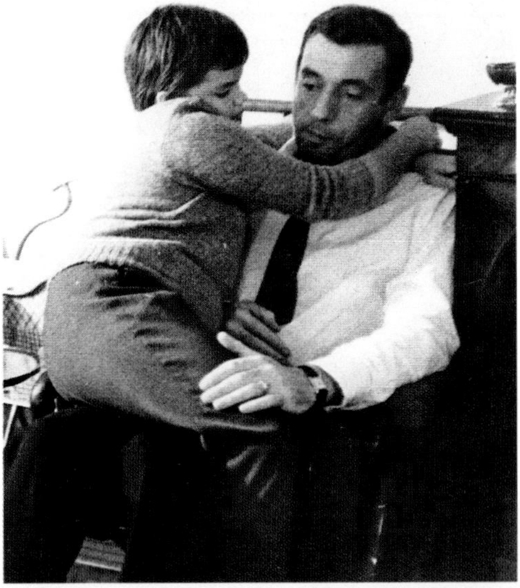



Maman vers 1953 sur les genoux de Montand devenu son père en 1987.

Montand en 1968 au théâtre de l'Étoile. « Il était Yves le magnifique. Il était Yves Montand. »

Avec Montand en décembre 1990 à Paris : « Il avait décidé de m'ériger en ultime confident. »

◄ Retrouvailles avec ma mère à Autheuil, le lendemain des obsèques de Mamie.

► Montand et maman à Autheuil le 1er octobre 1985, lors des obsèques de Mamie.

Avec maman lors des obsèques d'Yves Montand le 14 novembre 1991. « Yves avait rejoint Simone pour l'éternité. […] L'une des dernières volontés de Montand avait été d'être inhumé à ses côtés, enveloppé dans une grande couverture en laine qu'elle lui avait tricotée. »

SIMONE SIGNOR
YVES MONTAN
SOUVENANCE
DE
CINEPHILES
06 Puget - Theniers

Document personnel.

Avec Flavie en août 2001, lors de nos premières vacances à Tahiti. Après l'ouragan du Loft, enfin le calme...

Je pouvais rester des heures ainsi pour sentir notre fils bouger.

ble ! Nous finançâmes l'impression d'un livre luxueux. Aussi extraordinaire que cela puisse paraître, cette œuvre d'art, illustrée par Théo Tobias et vendue à soixante exemplaires, nous rapporta un peu d'argent. Ce « succès » m'était monté à la tête. La frénésie de vouloir gagner de l'argent à tout prix fit de moi un parfait pigeon. J'étais tellement heureux d'exister enfin par moi-même que cela frôlait la stupidité. J'étais le « ravi de la crèche », ce petit santon provençal qui représente l'idiot du village. Lorsque je me remémore cette époque, je n'arrive pas à comprendre comment j'ai pu être aussi naïf. J'attirai tous les escrocs de la terre, et rapidement une bande de gens plutôt louches traîna autour de moi. L'un d'eux me dit un jour :

– J'ai besoin d'argent, pourrais-tu me passer dix plaques ?

– Pourquoi je te passerais de l'argent ? Cent mille francs, c'est une somme !

– En échange, je te filerai un tableau en garantie. Toi qui t'intéresses à l'art, tu n'en verras pas un de sitôt comme celui-ci ! Je le tiens de mon grand-père, et il faut vraiment que j'aie besoin d'argent pour m'en séparer.

– C'est de qui ton tableau ?

– C'est un Renoir !

J'étais sans voix. Je calculai à toute vitesse dans ma tête. *Un Renoir pour cent mille balles, c'est l'affaire de ma vie : ce type est fou !*

– Et qu'est-ce qui me prouve que c'est bien un Renoir ?

– J'ai tous les papiers d'expertise. Tu veux les voir ?

J'étais plus que tenté : j'avais mordu à l'hameçon.

– Oui, juste pour voir.

– De toute façon, je ne compte pas te le laisser. C'est un tableau qui vaut trois à quatre millions de francs. Je ne suis pas idiot au point de te le refiler pour cent mille francs. C'est uniquement parce que j'ai besoin de cette somme que j'accepte de te laisser le Renoir en caution. Tu me le rendras quand je te rembourserai.

– OK, apporte-moi le tableau. Avec les papiers, bien entendu.

Le lendemain, il se ramène avec la toile. C'est une lucarne de sept centimètres sur sept. Il a effectivement les papiers d'expertise certifiant qu'il s'agit bien d'un Renoir. Je suis déçu par la taille, mais le type m'affirme que cela lui donne plus de valeur. Je fais semblant d'être au parfum et, prenant l'air le plus dégoûté possible, je lui lance :

– Je te prête le fric, mais si tu ne me l'as pas rendu le mois prochain, je garde la toile.

– Pas de problème, je te signe un papier.

Et c'est ainsi que je me retrouvai en quelques minutes délesté de cent mille francs, mais riche d'un Renoir, que je montrai avec des mines gourmandes à mes amis... Assez dubitatifs, d'ailleurs.

– De toute façon, j'ai les papiers, et si dans un mois je ne suis pas remboursé, le tableau m'appartient.

J'attends l'échéance avec impatience, et c'est avec une certaine satisfaction que, le type n'étant pas réapparu avec mes cent mille francs, je m'estimai légitimement propriétaire d'une toile de maître, petite certes, mais de grande valeur. J'avais évidemment l'intention de vendre immédiatement mon Renoir, qui me laisserait, *au pire*, trois millions de francs de bénéfice. Décidément le marché de l'art était une piste à explorer attentivement. D'autant que la vente des pizzas à domicile commençant à battre de l'aile, il me fallait songer à une rapide reconversion.

Le cœur rempli d'espoir, je me rendis à Drouot pour faire évaluer mon tableau. J'étais passablement anxieux. La réaction de l'expert fut extrêmement positive lorsque, avec des mines de conspirateur, je déballai mon tableau microscopique. L'homme examina attentivement l'œuvre, regarda la signature à la loupe, retourna le tableau pour observer la toile, le châssis. Il jeta un coup d'œil aux papiers, le tout ponctué de « hum ! hum ! » énigmatiques.

– Bien, bien, jeune homme. Je pense qu'il s'agit effectivement d'un Renoir. C'est sa signature.

Je poussai un soupir de soulagement qui lui arracha un léger sourire.

– Donc c'est un authentique Renoir.

– Oui, certainement.

– Pouvez-vous l'évaluer ?

– À peu près. Il s'agit de ce qu'on appelle dans le métier un « essuyage de pinceau ».

– Qu'est-ce que c'est ?

– Il reste souvent aux peintres, après leur travail, de la peinture sur leurs pinceaux, alors ils barbouillent un petit quelque chose sur un bout de toile. Pour se détendre. Quelquefois, ce peut être l'esquisse d'une idée, ou d'un projet. C'était aussi parfois pour faire un petit cadeau, à un ami ou à un visiteur... Un essuyage de pinceau, quoi !

Je commençai à me sentir très mal, le qualificatif d'« essuyage » avait un côté dévalorisant, qui ne m'annonçait rien de bon. J'eus les pires difficultés à articuler :

– Et combien vaut-il, cet... essuyage ?

– Oh, vous pourrez tout de même en tirer cinq mille francs !

Ce fut la fin de mon incursion sur le marché de l'art. Ce fut aussi la fin des vanités. J'avais, croyais-je, définitivement prouvé que je n'étais absolument bon à rien. Je foirais tout ce que j'entreprenais avec une détermination et une insouciance tutoyant la connerie abyssale.

C'est en tout cas ce que je me disais en sortant de chez Drouot, mon Renoir sous le bras, et mes illusions fracassées. Je n'avais pourtant pas encore touché le fond. La suite des événements se chargea de me l'enseigner.

# 7

Je ne voyais plus Montand aussi souvent depuis qu'il s'était installé avec Carole et Valentin dans leur appartement du boulevard Saint-Germain. Il venait encore quelquefois à la Roulotte, lorsqu'il se fâchait avec elle ou qu'il avait besoin d'être seul. Alors, il me faisait appeler et nous discutions des petits et grands événements qui berçaient la vie de son « ancienne » famille. Il m'interrogeait, l'air de rien, sur les uns et les autres, prenant des nouvelles sans paraître y attacher grande importance. Néanmoins, je m'apercevais qu'il était très précis dans ses questions et qu'il écoutait attentivement mes réponses. Il commentait mes dires par quelques hochements de tête et des « hon ! hon ! », pimentés de réflexions du genre : « Ah, ta mère... elle n'est pas facile, ta mère ! » Au bout d'un moment, la conversation revenait invariablement sur Mamie. Soit qu'il évoquât un souvenir, soit qu'en fixant un objet il se remémorât les circonstances dans lesquelles il était tombé entre leurs mains.

– Je ne t'ai pas raconté comment nous avons trouvé ça...

Il me l'avait déjà raconté cent fois, mais je faisais semblant d'avoir oublié. J'avais eu le malheur, un jour, de l'expédier un peu rapidement : « Oui, oui, tu me l'as déjà raconté celle-là... » Il s'était vexé, et m'avait envoyé sèchement sur les roses. Aussi mettais-je mes impatiences en sourdine, et je profitais du ronron de son discours pour l'observer à la dérobée. Ses traits s'étaient creusés, sa peau surtout devenait celle d'un vieillard, elle se tachait et s'affaissait. Même ses yeux, dont l'animation avait tant subjugué, se voilaient derrière des paupières fatiguées dont il avait de plus en plus de mal à maîtriser la chute. Il semblait s'endormir mais sa tête ne tombait pas ; au contraire, il la rejetait en arrière, comme s'il assistait à un spectacle intérieur qui requérait toute son attention.

J'avais aussi remarqué que lorsqu'il parlait de Mamie, ce n'était plus pour l'injurier ou prendre la terre à témoin des défauts qu'il lui avait fallu endurer durant leur vie commune. Il parlait maintenant d'elle avec douceur et ferveur en l'appelant « ma femme ». J'étais tellement peu habitué à ce qu'il utilise ce mot que la première fois, j'eus un court instant de confusion en me demandant qui pouvait bien être *cette* femme.

Un soir, il me fit appeler. On me dit qu'il avait eu un malaise et je me précipitai à la Roulotte. Il était allongé dans un fauteuil, enveloppé dans un plaid, les pieds surélevés. Lorsque je pénétrai dans la pièce, il ouvrit les yeux et me sourit misérablement.

– Ne t'inquiète pas, ce n'est rien. Juste un peu de goutte, mais je suis bien fatigué !

– Tu as vu le médecin ?

– Non. J'ai eu un coup de pompe. Je me suis allongé, mais cela va mieux maintenant !

Il avait l'air défait et je pris une chaise pour m'asseoir à ses côtés. Il me regarda longuement.

– Ce qui est con, lorsqu'on a des enfants vieux, c'est qu'on sait qu'on ne les verra pas grandir.

Je gardai le silence.

– Quand je te regarde, je me demande comment sera Valentin à ton âge. J'aurais aimé voir mon fils à vingt ans.

Il se tut, soupira puis continua :

– Je ne me plains pas. J'ai eu une belle vie... Et puis, je t'ai vu grandir, je peux m'imaginer que Valentin grandira comme toi... Maintenant, j'en ai marre. Je suis fatigué...

Ses paroles, le ton qu'il avait employé, cette impudeur dans les sentiments – attitude qui lui était totalement étrangère –, cette lassitude qu'il refusait de dissimuler, tout cela me déprima fortement. En l'évoquant, j'éprouve encore cette sensation d'avoir été touché par ce que le langage populaire appelle le *spectre de la mort*. Expression grandiloquente et un peu ridicule, mais je ne parviens pas à en trouver de meilleure pour qualifier ce qui rôdait, ce soir-là, à la Roulotte.

Montand était en train de lâcher la rampe. Cette perspective m'était odieuse, il m'était toutefois difficile de l'ignorer. Paradoxalement, dans le plus grand secret, il avait décidé de m'ériger en ultime confident. Non qu'il voulût me confier de terribles secrets, mais simplement parce que j'étais là, que ma parentèle me donnait une certaine légitimité, et que, son fils étant encore au berceau, je pouvais former un substitut acceptable.

Une histoire le tourmentait, et le poursuivra ignoblement bien après sa mort : la « mythomanie des femmes Drossard », comme il disait. L'affaire avait commencé juste après la mort de Mamie. Des journalistes avaient fait état d'une jeune femme qui prétendait être sa fille naturelle. Des articles avaient été publiés dans des journaux à scandales, posant hypocritement la question, tout en ajoutant précipitamment : « Montand dément ! » Mais allez savoir... Pour illustrer ces articles, plusieurs photos montraient la mère dans son appartement dont la décoration était entièrement consacrée à Montand ainsi qu'une petite fille dont le visage, la coiffure présentaient des ressemblances avec lui. Les photographes faisaient adopter à la gamine des mimiques et des attitudes évoquant son présumé père. Elle s'y prêtait volontiers et avec un certain talent : sa mère semblait l'avoir élevée dans cet esprit depuis sa plus tendre enfance !

La naissance de Valentin n'avait fait que relancer les spéculations sur la « fille cachée de Montand ».

J'en avais parlé avec lui un après-midi à la Roulotte. Un nouvel article faussement objectif relatait les « faits », sans pour autant relever de la diffamation.

– Pourquoi ne portes-tu pas plainte contre ces journaux ? C'est le seul moyen d'arrêter ces racontars !

– Cela ne servirait à rien, sauf à leur donner encore plus de « bonnes raisons » d'alimenter la polémique.

– Comme tu n'interviens pas, on a l'impression que tu as quelque chose à te reprocher !

J'avais touché un point sensible. Ses avocats, la famille, son entourage lui avaient conseillé de ne pas bouger. Enfin, le moins possible. Les accusations de la mère Drossard étaient particulièrement insidieuses puisqu'elle se gardait bien d'attaquer Montand devant les tribunaux, se contentant d'insinuations par médias interposés. Quant à sa fille, élevée dans la certitude que Montand était son père, elle était l'autre victime de ces affabulations.

– Tu es vraiment sûr que ce n'est pas ta fille ?

– Toi aussi tu doutes...

– Non, mais...

– Je suis sûr que ce n'est pas ma fille, parce que je n'ai pas couché avec sa mère !

– Tu ne l'as jamais rencontrée ?

– Je l'ai peut-être croisée sur un tournage, comme elle le prétend. Je croise des centaines de femmes qui me reconnaissent, mais que je ne connais pas ! Elles me sourient, je leur souris, je peux même leur dire quelques mots. Elles s'en souviendront toute leur vie, mais moi je les ai oubliées à la seconde même ! Cette femme, je n'en ai aucun souvenir ! Tu comprendras un jour...

– Je ne voulais pas...

– Je n'ai jamais couché avec elle. Je me souviens de toutes les femmes avec qui j'ai fait l'amour. C'est le côté pervers de ce genre d'accusations. Il est pratiquement impossible de prouver le contraire !

– Et les tests sanguins ?

Montand entra dans une colère noire.

– Écoute-moi bien, Benji. JE NE SUIS PAS LE PÈRE de cette enfant. J'en ai rien à foutre des tests et du reste. Tu ne vas pas t'y mettre, toi aussi. Laissons faire la justice... Quoi que je fasse, il y aura toujours des bonnes âmes pour mettre en cause mon honnêteté.

– C'est quand même dégueulasse !

– Tu vois, petit, cette femme est en train de détruire l'avenir de sa fille par pur égoïsme, par vanité et par obstination. Qu'elle ait rêvé que je sois le père de sa fille, ce pouvait être un fantasme sans conséquence si elle l'avait gardé pour elle. C'est criminel d'avoir élevé une enfant dans ce mensonge, et de l'entretenir pour ne pas perdre la face. Tout ce que je peux dire, elle l'interprète comme un refus d'endosser mes responsabilités. Le problème c'est que, pour la petite, ce n'est pas un fantasme, c'est la réalité !

L'affaire occupait spasmodiquement l'actualité des journaux de caniveau. Plusieurs journalistes enquêtèrent pour retrouver d'éventuels témoins, et pour vérifier les indices fournis par la mère Drossard. En vain. Toutes les pièces du petit musée Montand qu'elle avait rassemblées dans son appartement – photos, enregistrements, autographes, etc. – provenaient de librairies, de magasins spécialisés ou de fan-clubs. Elle ne possédait aucun objet ni papier personnel de Montand, au grand désespoir des investigateurs de poubelle qui auraient aimé le « coincer ». Je ne pouvais me douter, à l'époque, que les progrès de la science dans le décryptage de l'ADN et l'obstination implacable des « femmes Drossard » allaient poursuivre Montand jusque dans sa tombe.

Le samedi 9 novembre 1991, je déjeunais avec ma mère dans un restaurant lorsqu'elle reçut un appel de Carole lui annonçant la mort de Montand. Il avait eu un malaise, avait été transporté d'urgence à l'hôpital de Senlis, où quelques heures plus tard il mourut dans le service de réanimation. Je ne m'y attendais pas. Le choc fut violent. Je pensais, au fond, que Montand ne pouvait pas mourir, pas lui, et j'évitais de relever ses propos lorsqu'il évoquait plus ou moins clairement cette perspective. Le voyage jusqu'à Senlis fut glauque. Je m'étais enfermé dans mon silence et ma douleur tandis que ma mère n'arrêtait pas de téléphoner depuis la voiture pour prévenir les proches. À l'hôpital, Carole, le directeur et les médecins nous attendaient. Les journalistes n'étaient pas encore sur place, mais la nouvelle ne tarderait pas à être divulguée. On nous emmena dans la salle de réanimation. Le spectacle était éprouvant. Il y avait plusieurs lits avec des malades ou des blessés, dont la plupart râlaient ou geignaient. Il y avait aussi, lancinant, le bruit de toutes les machines de réanimation : le chuintement des respirateurs ; les bips aigus des appareils de contrôle ; le battement des pompes... Le personnel revêtu de longues blouses, de bottes de tissu, le visage caché par des masques circulait en glissant comme des ombres sur le lino ciré. Sous la lumière blafarde, la peau virait au vert et j'avais l'impression d'avoir pénétré dans une monstrueuse usine à fabriquer la mort.

Montand était allongé dans un lit à barreaux, derrière un paravent qu'on avait déployé autour de lui. Je m'approchai en serrant les poings. Ses traits semblaient détendus et sa bouche, aux lèvres amincies, dessinait une sorte de rictus, si bien qu'on aurait pu croire qu'il souriait. Un début de barbe avait envahi ses joues, et ses oreilles avaient pris une teinte cireuse. Ses bras étaient allongés sur le couvre-lit de coton blanc, je regardais ses mains qui paraissaient encore plus immenses que d'habitude. Elles semblaient abandonnées sur le lit, désormais inutiles, comme des coquilles vides laissées par les flots. Je ne pus réprimer un sanglot en prenant dans les miennes sa main glacée et raidie. Je restai ainsi, laissant les larmes couler sur mon visage, en pensant à ses dernières années où il s'était éloigné de sa première famille, mais où, paradoxalement, je n'avais jamais été si proche de lui. C'était la fin d'une histoire. La fin d'une innocence. Je me sentis orphelin.

Je me penchai vers son visage et l'embrassai sur le front. Je ne voulus pas rester une minute de plus dans cet hôpital sinistre ni dans cette antichambre de la mort. J'avais besoin de sortir, de prendre l'air et d'évacuer cette noirceur qui envahissait mon être. Je passai les jours suivants dans un état semi-comateux. Je n'avais aucun goût pour rien, j'étais anéanti, impuissant, misérable. J'appréhendais l'enterrement, la foule qui allait s'y presser, les photographes, les condoléances... J'aurais voulu accompagner Montand discrètement, dans l'intimité comme on dit. Ce n'était pas possible.

Son corps avait été ramené dans l'appartement du boulevard Saint-Germain et il fallut boucler le quartier pour canaliser la foule venue lui rendre hommage. La popularité de Montand était énorme. J'en pris conscience, comme pour celle de ma grand-mère, le jour de sa mort. Les témoignages de sympathie, les lettres, les fleurs arrivaient en une marée ininterrompue, en provenance du vaste public qui l'avait aimé. L'atmosphère familiale était particulière. Carole s'était installée dans le rôle de la veuve avec une certaine aisance. Tout habillée de noir, elle recevait dans son appartement les condoléances des amis. Elle avait invité les membres de sa propre famille, ses parents et ses proches pour faire nombre face à l'« autre famille ». Maman, fille adoptive de Montand, son mari, mon père, sa femme, ma sœur et moi – sans compter tous les fidèles amis – constituions un clan issu d'une époque dont elle n'avait pas fait partie. Évidemment, le souvenir de Mamie planait sur cet événement avec une intensité qu'il était vain de minimiser. Chacun le ressentait douloureusement. Yves avait rejoint Simone, pour l'éternité. Ce n'était pas uniquement une clause de style ou une image poétique, puisque, physiquement, ils allaient se retrouver côte à côte dans le même caveau. L'une des dernières volontés de Montand avait été d'y être inhumé, enveloppé dans une grande couverture en laine que lui avait tricotée Mamie.

L'enterrement fut conforme à ce que je craignais. Une foule gigantesque se pressait sur le passage du cortège. J'accompagnais Montand avec le sentiment d'accomplir un rite ordinaire. Je n'étais plus ce curieux spectateur que j'avais été lors des obsèques de Mamie. Des gens célèbres et des inconnus venaient me saluer ou m'embrasser. Je les voyais à peine. Je me cramponnais désespérément à mes souvenirs, et tentais de fixer ces derniers instants. Il ne faudrait jamais oublier.

Quel avait été mon meilleur souvenir avec Montand ? Des images me remontent en nombre et me prennent à la gorge. Une immense plage de sable blond, des palmiers qui se balancent dans un ciel toujours bleu, et la mer pacifique qui mordille les orteils. Montand nous a emmenés pour des vacances de rêve, maman et moi, sur le tournage du *Sauvage*. À cette époque, Montand et maman ne se quittent pas. J'en suis ravi. Je joue du matin au soir sur la plage, observant le tournage ou traînant autour de la cantine pour voler des glaces. Un petit paradis des Bermudes. Montand sourit et Deneuve est splendide. Christian, le fils de Roger Vadim, explore avec moi l'arrière-pays à la recherche du trésor des pirates.

Ce fut aussi un heureux souvenir pour Montand puisqu'il voulut, lors de notre grand voyage aux États-Unis, retourner sur les lieux du tournage. Le décor féerique était toujours là, mais plus de cabanes ni de vestiges des aventures du *Sauvage*. Pire, une barrière interdisait l'accès à la plage déserte. Montand la franchit pour tenter d'y trouver un souvenir. Il découvrit trois poteaux enfoncés dans le sol qui émergeaient à fleur d'eau : derniers vestiges du ponton construit pour les besoins du film.

Me reste-t-il de lui de mauvais souvenirs ?

Son rapport avec les femmes, cette attitude odieuse qu'il me décrivait complaisamment, ce besoin qu'il avait de justifier sa relation avec Carole. Je crois qu'il était profondément malheureux de cette situation. Il semblait gêné vis-à-vis de moi, mais surtout vis-à-vis de ma mère. Comme à son habitude, il parlait en termes crus. Très dur en évoquant Carole, il ressentait comme un besoin de tout renier en permanence. Il passait son temps à la dévaluer : elle était comme ci, elle était comme ça. Quoi qu'il en soit, tous deux y trouvaient leur compte. Il poursuivait son monologue toujours de la même manière : « Bien sûr que j'étais contre ce petit, mais maintenant qu'il est là, on peut comprendre que je m'en occupe ! Ce “pitchoune” n'est pas responsable ! C'est normal que son père l'aime ! » Jamais il n'a eu un mot contre Valentin, au contraire, il était fier de lui. Il réservait à Carole ses propos les plus terribles, il pouvait être avec elle d'une méchanceté et d'une cruauté épouvantables. Il ne se contentait pas de la débiner dans son dos, j'ai assisté à des scènes où *il lui parlait mal*, comme disent les voyous. Mais tout cela n'était qu'un rôle. Ce n'étaient pas les véritables sentiments qu'il ressentait pour Carole.

Dans ces moments-là, il n'était pas tout à fait lui-même. Il endossait un personnage, histoire de se rassurer. J'imagine que c'était une façon de se donner de l'importance devant moi, de jouer les vieux coqs montrant au « p'tit » comment on dirige la basse-cour ! À l'époque, je ne connaissais pas certains secrets de famille qui m'auraient permis de mieux décrypter cette atmosphère pesante et de non-dits qui empoisonnait ses rapports avec les femmes, et avec ma mère en particulier. D'ordinaire simple témoin de son attitude et de ses discours, je pouvais aussi à l'occasion devenir la cible de ses accusations. Il me convoqua un jour à la Roulotte. Il était d'une humeur de chien et m'attaqua aussitôt :

– Tu crois que je ne me suis pas aperçu de ton petit jeu !

J'étais le seul de la famille encore invité à Autheuil depuis que Carole s'y était installée.

– Qu'est-ce que j'ai fait ?

– Ne fais pas l'innocent ! Je sais très bien que tu profites de tes séjours à Autheuil pour draguer Carole !

Je ne m'attendais certainement pas à cette accusation. J'en bégayai d'indignation.

– Mais enfin, qu'est-ce... qu'est-ce que tu racontes ? Moi, draguer Carole !

– Parfaitement, et je veux que cela cesse !

– C'est elle qui t'a dit ça ?

– Tu ne t'imagines quand même pas que je ne m'en serais pas aperçu, non ? *Ce n'est pas à un vieux singe qu'on apprend à faire des grimaces !*

J'avais compris. Rien qu'à regarder son sourire de faux-jeton, et son regard en dessous, il lançait une énorme accusation pour tester ma réaction.

Je savais que, de ce côté-là, j'étais irréprochable. Il ne me serait même pas venu à l'esprit de draguer la concubine de mon grand-père. Je le lui dis nettement et il eut cette réponse stupéfiante :

– Remarque, je ne t'en aurais pas vraiment voulu, moi à ta place je l'aurais fait !

Et je suis sûr que c'est vrai. Ce type était complètement obsédé et je suis persuadé qu'il aurait tenté de draguer ma petite amie. Même à son âge. C'est pour cette raison que je me gardais bien d'en emmener à Autheuil !

Tous les journaux rendirent compte, le lendemain, des funérailles de Montand, publiant les photos des personnalités qui y avaient assisté. Un des photographes n'avait pas manqué de prendre, au milieu de la foule, les « femmes Drossard », en grand deuil et en larmes. La fille était devenue le portrait craché de Montand, une sorte de clone féminin. Elle s'était mise à ressembler à son objet de fixation, comme certains chiens se mettent à ressembler à leurs maîtres par un curieux phénomène de mimétisme. C'est d'ailleurs au nom de cette ressemblance artificielle que Montand avait été condamné lors d'un premier jugement. Montand mort, les femmes Drossard avaient de moins en moins de retenue à revendiquer leurs « droits ».

Toutefois, la mort de Montand transformait la situation juridique. Il ne s'agissait plus de considérations sentimentales, mais d'un trivial problème de succession. Soit la fille Drossard était effectivement la fille de Montand et elle avait les mêmes droits à l'héritage que ma mère et Valentin ; soit elle n'était pas sa fille et elle revendiquait indûment une part d'héritage. Ma mère et Carole décidèrent de faire appel. La science avait fait d'énormes progrès. On pouvait établir sans contestation une filiation, il suffisait de comparer son ADN à celle de Montand, ce qui établirait irrémédiablement s'il était son père.

Le problème, c'est que Montand n'avait pas laissé d'échantillon biologique qui aurait pu permettre l'analyse. Toutefois une analyse comparée de l'ADN de Lydia, sœur de Montand, de Valentin, son fils, et d'Aurore Drossard établit que si Valentin était le fils de Montand, Aurore Drossard ne pouvait pas être sa fille. Et ce de façon quasi certaine. C'est au nom de cette minuscule incertitude qu'un tribunal ordonna l'exhumation d'Yves Montand.

Je ne sais où ma mère trouva la force d'accepter l'inacceptable. La mort dans l'âme, Carole et elle se résignèrent à la décision de justice. La polémique se déchaîna dès que la nouvelle fut connue. La presse en fit ses manchettes. Les femmes Drossard étaient sur toutes les chaînes, dans tous les journaux. Les gens prenaient fait et cause pour ou contre elles, uniquement sur un vague critère de ressemblance. Montand était présenté par certains comme un homme sans honneur. Les plus prudents réservaient leur jugement jusqu'au résultat des analyses.

L'épreuve de l'exhumation fut terrible pour nous tous. Quelque chose de monstrueux préside aux préparatifs pour extraire un homme de sa sépulture. Les deux seuls témoins de cette cérémonie obscène, en dehors des scientifiques qui procédèrent avec une délicatesse et une efficacité remarquables, des avocats et du commissaire de police du XI$^{e}$ arrondissement, furent les femmes Drossard. Il n'en reste pas moins que j'eus longtemps des cauchemars. Les résultats furent connus quelques semaines plus tard. L'analyse d'ADN démontrait de manière définitive que la fille Drossard n'était pas la fille de Montand, l'affaire était close. Du moins me semblait-il. J'entendis pourtant la fille déclarer lors d'une interview que, malgré le résultat négatif du test, elle se considérait quand même comme la fille de Montand. Qu'elle sentait, au fond d'elle, qu'il était son père. Il n'y avait aucun doute, c'était bien la fille de sa mère !

Comme Montand me l'avait dit au lendemain de la mort de Mamie, j'héritais avec ma sœur de la maison d'Autheuil. C'est à partir de ce moment-là que je n'y mis plus les pieds. Mes relations avec ma mère ne faisaient que s'envenimer. Je ne sais pour quelle raison, elle était sérieusement montée contre moi. Nos relations tournaient à l'affrontement. Lorsque Carole eut quitté Autheuil, en emmenant d'ailleurs un certain nombre de souvenirs auxquels j'étais attaché, ma mère décida de fermer la maison et de m'interdire d'y aller. Je crois qu'elle prenait une revanche sur cette maison où elle n'avait pas été heureuse. Elle n'avait jamais pu réellement exister à Autheuil qui était la maison de sa mère. Enfin, lorsqu'elle aurait pu l'investir, à la mort de Mamie, elle en avait été plus ou moins chassée par Montand. Elle eut cette curieuse explication : « Je ne veux pas que tu ailles jouer au châtelain dans la maison de tes grands-parents ! »

# 8

Connaissez-vous Esther Gallil ?

Moi non plus ! Je n'avais jamais entendu parler d'elle jusqu'à ce que je rencontre Michel Olivier. J'avais affaire à un parfait escroc qui en avait toutes les qualités : charmeur, flatteur, drôle, intelligent et sans scrupules. Il exhibait toutes les cartes de visite, connaissait toutes les anecdotes, possédait toutes les couvertures. La panoplie complète de l'illusionniste. Ce n'était qu'une façade, mais soigneusement ravalée, et je m'y suis laissé prendre. Dans les années quatre-vingt, il avait été le manager d'un groupe de rock qui n'avait pas laissé un souvenir impérissable, mais Michel savait en parler comme s'il avait managé les Rolling Stones :

– Le seul problème, c'est qu'on n'était pas anglo-saxon et que le rock était verrouillé par les Majors et les British. En France, on ne pouvait pas lutter, sauf pour le yéyé. Moi, j'ai toujours refusé cette merde. Je produisais de la musique, mec, de la vraie !

Ce garçon était malade, il avait le sida, il ne s'en cachait pas. Un personnage hors du commun qui brûlait la vie par tous les bouts. Je me suis pris d'affection pour lui. J'étais touché par son côté romantique. Surtout, il avait une manière de parler du show-business qui m'émoustillait. Je n'avais pas du tout été élevé dans cet esprit show-biz. J'en avais même été tenu volontairement éloigné par une famille qui connaissait le prix des illusions. Bien entendu, j'avais follement envie de pénétrer ce monde dont on m'avait préservé. Michel avait parfaitement saisi mon état d'esprit et s'arrangea pour attiser mes ambitions.

– Pourquoi ne te lances-tu pas dans le show-biz ? Avec les relations que tu as, avec le nom que tu portes et les études d'économie que tu as suivies, tu ferais un malheur !

C'est exactement ce que j'avais envie d'entendre. Je buvais du petit-lait, affectant une désinvolture de circonstance en l'écoutant débiter son boniment.

– Oui, j'y ai déjà pensé, mais je n'ai pas vraiment réfléchi au problème. L'important c'est de trouver un bon produit, non ?

– Tu as tout compris. C'est exactement ça, le reste n'est que de la routine commerciale.

J'étais ferré. Mais c'est d'un air dégagé que j'ajoutai :

– Tu as une idée, toi ?

– Écoute, je pense à quelqu'un qui serait formidable. Mais je préfère ne pas t'en parler tout de suite. Il faut d'abord que je vérifie certaines choses. Je vais appeler L.A. cette nuit et je te vois demain.

Je me mordais les lèvres pour ne pas lui poser d'autres questions. Si je voulais réussir dans le show-biz, il fallait me comporter en vrai professionnel : flegmatique, un rien désabusé, et cacher mon jeu. Rien qu'en évoquant Los Angeles, il me faisait déjà rêver !

Le lendemain, nous avons rendez-vous au Berkeley. Il trône au milieu d'une faune que je ne cerne pas très bien. Lorsqu'il me voit arriver, il s'empresse, me présente comme « Castaldi, un jeune producteur », ce qui me vaut aussitôt des sourires appuyés et de chaleureuses poignées de main.

– Excusez-nous... Les affaires...

Il m'entraîne à une autre table, un dossier sous le bras qu'il dépose soigneusement sur la table.

– Bon, les bonnes nouvelles tout de suite. J'ai eu L.A. hier soir et la personne à laquelle je pensais est libre pour le moment.

– Parfait. De qui s'agit-il ?

– C'est une chanteuse formidable, qui a fait un tube énorme dans les années soixante-dix. Tu te souviens : « Le jooour se lève sur ma peiiine... alors que le monde entier fait l'amooour... »

– Euh, non... Tu sais, dans les années soixante-dix, je n'étais pas très vieux...

– Ce tube a fait le tour du monde et son disque a rapporté des millions de dollars !

– Et comment s'appelle-t-elle ?

– Esther Gallil !

– ...

– Je la connais personnellement. En ce moment, elle est en train de redémarrer, on va prendre le train en marche et on va la remonter au top ! Ça t'intéresse ?

– Évidemment, mais il faut voir...

– Je t'ai apporté un dossier complet sur elle.

Il ouvre sa volumineuse chemise et me tend avec enthousiasme la photo d'une petite brunette plutôt jolie.

– Alors, comment tu la trouves ? Pas mal, non ?

– Ouais ! pas mal... Et comme chanteuse...

– Je t'ai apporté des maquettes. Elle a travaillé avec Jesse Coss... Tu connais, non ? Celui qui a fait les meilleures chansons des Cranberries...

– Ouais... ouais !

– Ses textes sont écrits par Steinberg. Tu le connais ? Il a beaucoup écrit pour Cindy Lauper...

– Ah ouais, Cindy !

– Bon, je te laisse tout cela pour que tu réfléchisses. Pas trop longtemps ! Parce qu'il y a du monde sur le coup et que je ne vais pas pouvoir la faire lanterner éternellement.

– Pas de problème, j'étudie le dossier et je te donne une réponse demain...

Il a l'air étonné, aussi je me sens obligé d'ajouter avec une belle assurance :

– Moi, en affaires, c'est oui ou non et tout de suite ! Il ne me faut pas des heures pour me décider !

– Voilà un vrai pro, ça va me faire plaisir de bosser avec toi !

Je parcours le dossier de presse, sans vraiment creuser : il y a des interviews, des articles sur sa vie, des photos... Tout cela aurait été parfait s'il s'était agi d'une artiste toujours en course. Malheureusement cela datait des années soixante-dix, et je n'eus même pas l'idée de demander une photo récente d'Esther. Si j'avais pris la peine de calculer, elle devait avoir dans les quarante-cinq ans ! Mais je n'avais pas envie de descendre de mon petit nuage. J'imaginais déjà la réaction de ma famille à l'idée de me découvrir en prospère producteur américain !

Lorsque j'annonçai ma décision à Michel, il me félicita chaudement de ma clairvoyance et de ma perspicacité : j'étais un homme qui voyait loin, ma carrière dans le show-biz était toute tracée, « et crois-moi, j'en ai vu démarrer ! » Il fallait foncer.

– C'est un métier où on vit à deux cents à l'heure. Il n'y a pas de place pour les loosers. L'affaire Esther, il faut l'emballer immédiatement.

– D'accord, comment procède-t-on ?

– On file à L.A., on fait signer un contrat à la fille. C'est primordial. Il faut battre le fer tant qu'il est chaud. Sinon on va se faire souffler le coup !

– OK, mais je ne peux pas partir comme ça. Je dois liquider d'abord mon affaire de pizzas...

– Je le sens mal. On va se faire doubler. Ce sont des chiens là-bas !

– Vas-y seul pour lui faire signer au moins un engagement.

Il ne demandait que ça, mais il prit un air dubitatif, faisant mine de peser le pour et le contre. Je compris aussitôt le message.

– Bien entendu, tu pars aux frais de la société. Je vais te filer une avance pour tes dépenses sur place et un billet d'avion. Ça te va ?

– Il faudra que je reste une dizaine de jours, pour prendre les rendez-vous, voir des studios et des arrangeurs. Je pars le plus vite possible... dès que tu auras réuni le pognon.

Je décide de faire les choses en grand. Je fonde, le lendemain, une société de production baptisée « Zébra Production » ; je loue une boîte aux lettres sur les Champs-Élysées, et comme rien n'est trop beau pour séduire Esther, j'expédie mon « représentant » à L.A., sur Air France en première classe, avec cinquante mille francs d'argent de poche en liquide !

C'est à partir de ce moment-là que les choses se gâtèrent. J'aurais dû être alerté par le comportement de mon associé. Nous devions, bien entendu, rester en contact téléphonique quotidien et Michel devait me rendre compte de la progression de notre entreprise. Cependant j'avais les plus énormes difficultés à le joindre à son hôtel. Il dormait pendant la journée et disparaissait pendant la nuit. Lorsque, enfin, après de multiples tentatives je parvenais à le coincer, il me faisait la leçon, m'expliquant que je ne connaissais rien au show-business, que les gens à L.A. vivaient la nuit et que c'était le seul moyen d'avoir des contacts. Néanmoins, me rassurait-il, les discussions avec la grande chanteuse Esther Gallil avançaient dans la bonne direction, et il était sur le point de m'annoncer de bonnes nouvelles.

Je me laissais bercer par ses discours lénifiants, hypnotisé par la perspective de pénétrer bientôt dans un monde fascinant. Je m'imaginais chasser les « poulains » de mon écurie future, découverts dans les arrière-salles de bars de jazz, avant d'aller fêter les contrats dans une boîte à la mode particulièrement décadente ; puis rentrer chez moi sur les collines d'Hollywood, pour regarder les lumières pâlir et s'éteindre devant le lever de soleil. C'est en rêvant à ces lointaines mais exaltantes perspectives que je faisais le pied de grue à l'aéroport de Paris-Charles-de-Gaulle. Le billet de retour que je lui avais acheté précisait la date et l'heure de son arrivée. La veille au soir, il m'avait confirmé son départ. Je voulais lui faire une surprise en venant l'accueillir mais, surtout, j'étais impatient de l'entendre me raconter son séjour.

À l'arrivée, pas de Michel !

Je m'énerve auprès du comptoir d'Air France. L'hôtesse, fort courtoisement, consulte ses listes et me confirme qu'il aurait dû se trouver sur ce vol.

– Je regrette, M. Olivier n'est pas monté à bord. Voulez-vous que je me renseigne ?

Elle appelle les bureaux de la compagnie à l'aéroport de L.A. Je pianote nerveusement sur le comptoir en suivant ses interventions auprès de différents services de l'aéroport. Enfin, elle m'annonce avec un petit sourire contraint :

– Votre collaborateur est actuellement en cellule de dégrisement à l'aéroport de L.A. Son état et son comportement ont alerté les autorités qui se sont opposées à son départ pour des raisons de sécurité.

Je me sens minable devant l'air ironique de l'hôtesse. Je bredouille :

– Il avait bu... Je ne comprends pas...

– Je ne crois pas qu'il s'agisse d'une affaire d'alcool, mais je suis certaine qu'il vous expliquera lui-même. Je ne peux pas vous en dire plus, sinon qu'il sera libéré dans deux jours.

Deux jours plus tard Michel rentrait à Paris. Je l'attendais penaud, il réapparut flamboyant, se contentant d'un bref commentaire sur son aventure : « Les flics sont vraiment des cons ! » J'appris plus tard qu'il était cocaïnomane au dernier degré et qu'en arrivant là-bas, il s'était précipité pour s'acheter vingt grammes de coke. Avant d'embarquer, comme il lui en restait un peu, il s'était fait un rail gros comme une cuisse de poulet. Cette aventure aurait dû m'alerter, mais je ne demandais qu'à le croire, et le bougre revenait les bras chargés de paillettes : du matériel sur Esther, des disques, des maquettes, des vidéos de l'époque et toute une littérature des années soixante-dix, dont j'avais l'impression qu'elle datait de la veille. Comment ai-je pu m'imaginer qu'il était plus facile de relancer un chanteur aux États-Unis qu'en France ? Michel avait réussi insidieusement à m'en inoculer l'idée, en jouant sur ma naïveté et mon désir de « gagner ». Je ne me rendais absolument pas compte que cette aventure n'était qu'une ineptie. Je pensais pouvoir réussir là où d'autres avaient échoué. Je relancerais cette chanteuse et deviendrais un producteur célèbre à Los Angeles ! Cette quête obsessionnelle et infantile d'une identité et d'une place dans la société allait me coûter très cher.

Persuadé du succès de mon entreprise, j'avais mobilisé la totalité de mon héritage. Dans la foulée, je soldai mon affaire de pizzas, qui avait du plomb dans l'aile, et quittai Paris pour conquérir le Nouveau Monde. Zébra Production – qui ne produisit jamais que des factures – nous payait le voyage en première pour Los Angeles, où nous atterrîmes, Michel et moi, gavés de champagne et de caviar. Michel s'était occupé des bagages, et n'avait pas lésiné sur les moyens : une limousine de six mètres de long nous attendait à la descente d'avion, une limousine identique à celle que nous avions avec Montand lors de notre périple américain. Je sentis une bouffée d'émotion m'envahir. Assis sur la profonde banquette arrière, j'étais devenu Montand. Et c'est avec un petit sourire amusé – le même qu'il arborait lorsqu'il faisait rire ses yeux – que je regardais par les vitres teintées défiler les noms magiques sur les pancartes vertes de l'autoroute. L'arrivée à l'hôtel reconduisit l'illusion. Michel avait réservé un penthouse, un appartement au dernier étage d'un hôtel de grand luxe au cœur d'Hollywood. Je me laissai tomber sur le *king-size bed*, les mains croisées sous la nuque, riant aux anges. Pourtant, dans un bref éclair de lucidité, je réalise que je suis bel et bien à Los Angeles, mais que je n'y ai absolument aucun contact. J'y suis un parfait inconnu. Michel m'entraîne dans un tourbillon qui m'empêche de toucher terre. Pas de temps à perdre, il souhaite me présenter quelques amis. Je descends avec lui au bar. Une douzaine de types et de nanas attendent, affalés dans les fauteuils-club. Michel entame les présentations d'usage. Il y a des Blancs, des Blacks, de vieux hippies, de jeunes homos, et deux ou trois filles exagérément sexy... J'oublie leurs noms aussi vite qu'on me les donne.

– *Hi ! Man !*

– *Hi !*

– *Welcome L.A.*

Michel s'empare de l'addition, signe avec autorité et déclare :

– Bon, maintenant on va becqueter !

Toute la bande s'ébranle vers le lobby en caquetant.

Surprise !

Deux superbes Mercedes noires avec chauffeur nous attendent dehors. Michel m'explique :

– C'est plus pratique et plus chic que de circuler en taxi, non ?

– T'as raison !

Tout le monde s'entasse dans les voitures et on file dîner. Je découvre le L.A. des restaurants branchés, des boîtes à la mode et des stars d'Hollywood. C'est pratique, ici n'importe quel garçon de café et la moindre vendeuse de cigarettes sont comédiens ou chanteurs à Broadway ! On me présente des tas de gens, des musicos, des producteurs, des cinéastes, des agents, des starlettes, des jeunes premiers, des seconds rôles, des chanteurs croupissants et des éclairagistes. On me frappe dans le dos, on me congratule, on me tape dans la main :

– *Hi, Frenchie !*

Je ne sais pas comment Michel s'y est pris, mais tous semblent savoir qui je suis et ce que je fais. Il me faudra un certain temps pour réaliser que je suis surtout celui qui paye les additions. D'autant que, très habilement, Michel m'épargne cette indigne besogne. Du bar de l'hôtel aux restaurants, tous signent en mon nom. Chaque jour, une dizaine de personnes ont table ouverte au prestigieux club du palace. Le Frenchie est devenu extrêmement populaire. On me reconnaît et on me le fait savoir. La banque aussi qui, au bout de trois jours, me demande déjà un *refulling* de ma carte de crédit. J'ai déjà dépensé vingt mille dollars. Dont une note de téléphone qui dépasse l'entendement. Il faut dire que Michel est en permanence en communication avec Paris. Je n'ose lui en faire la réflexion. Toutefois je commence à la trouver un peu saumâtre, d'autant que, jusqu'à présent, je n'ai pas encore eu le plaisir de rencontrer « ma » chanteuse.

– Alors quand voit-on Esther ? On est quand même venus à Los Angeles pour ça !

– Pas de problème. J'avais juste certaines choses à mettre au point avec elle avant de te la présenter : je vais arranger un rendez-vous.

– Parfait, on pourrait organiser un dîner dans un grand restaurant.

– Bonne idée, le mieux c'est à l'Orangerie. C'est le top, tout le monde y va !

Je sais maintenant ce que veut dire « tout le monde » dans son vocabulaire. L'addition sera à la hauteur de ses euphémismes. Deux jours plus tard, installés à l'Orangerie, sirotant du dom pérignon, hors de prix, nous attendons notre poule aux œufs d'or. J'ai soudain un choc en voyant la créature qui se matérialise devant ma table. Une vieille rockeuse, moche, habillée de guenilles, avec de longs cheveux noirs, défaits, qui lui arrivent aux genoux. Elle est flanquée d'une blondasse hideuse qu'elle tient par le cou et qu'elle me présente comme sa fiancée ! Je suis tellement éberlué que je n'arrive plus à trouver un mot d'anglais. Je baragouine « *I'm very happy,* euh... » sous l'œil inquiet de Michel. Les deux filles s'installent et, pendant que je passe la commande, Esther entreprend de se rouler un joint. Le dîner prend des allures cauchemardesques. Esther et sa copine, complètement défoncées, se roulent des patins interminables, elles ne s'interrompent que pour rouler des pétards. Je suis suffoqué à les observer chipoter dans leurs assiettes et minauder pour qu'on apporte une autre bouteille de champagne. Michel, qui sent que je vacille, me glisse :

– Elle est formidable, non !

Comme si le spectacle que nous avions sous les yeux était naturel à L.A. Je ne voulais pas passer pour un idiot rétrograde et franchouillard.

– Super ! Elle a du... du... enfin, tu vois ce que je veux dire.

– De la classe, mec. De la classe et du talent !

– C'est ce que je voulais dire !

Je lançais de grands sourires à Esther, en cherchant désespérément de quoi me rassurer. Elle, malgré les pétards, n'avait pas perdu le nord. Après m'avoir assuré qu'elle serait ravie que je finance son prochain disque, comme si elle me faisait une grâce, elle m'annonça d'emblée qu'avant tout elle voulait que je lui offre en cadeau de bienvenue : le dernier modèle 4 x 4 Toyota. Je lançai un petit coup d'œil à Michel qui prit l'air entendu pour me signifier que le cadeau de bienvenue était chose usuelle à L.A. Aussitôt, d'un petit geste de la main, j'exprimai avec désinvolture mon accord pour cette babiole. Elle voulait également une importante avance. Michel intervint aussitôt pour diviser la somme par deux. Ce qui faisait tout de même une sacrée poignée de dollars. Je ne pus que soutenir l'initiative de mon associé qui se montrait, d'un seul coup, bien économe de mes deniers. Je compris beaucoup plus tard que tout cela avait été soigneusement arrangé entre eux : Michel touchait sa commission. Pour le moment, j'accédais à toutes les requêtes de ma future star avec une bienveillance de producteur fortuné. Esther avait quelques caprices concernant tel ou tel musicien et autres arrangeurs sans lesquels elle ne pouvait exprimer convenablement son art ! À la fin du dîner, elle paraissait enchantée de son nouveau producteur et, du coup, m'invita à lui rendre visite chez elle, à Hollywood, où elle avait son propre studio d'enregistrement. Très impressionné, j'acceptai chaleureusement son invitation en mettant mes premières impressions sur le compte de mon manque d'expérience dans le show-biz en général, et à L.A. en particulier.

Je commençais à me plaire dans cette ville.

L'histoire du Frenchie qui allait relancer la carrière d'Esther Gallil avait fait le tour de la petite communauté. D'autant que ma générosité était en passe de devenir légendaire. Outre les Mercedes, j'étais devenu l'heureux locataire d'un yacht amarré dans une marina.

– Tu comprends, pour organiser les cocktails c'est très pratique. J'en ai trouvé un qui est parfait, avec un équipage impeccable.

Michel me fit rapidement comprendre qu'un yacht n'était pas fait pour quitter le quai, mais que les invités adoraient monter sur un bateau pour y boire des coups. C'était du dernier vulgaire que de vouloir naviguer. Entraîné dans cette atmosphère euphorique, je commençais à péter les rares boulons qui tenaient encore. Au cours d'un de ces dîners où j'abreuvais et nourrissais une bonne douzaine de personnes, j'annonçai vouloir honorer mes grands-parents en inscrivant leurs noms sur le trottoir aux étoiles d'Hollywood Boulevard. L'initiative reçut un accueil enthousiaste. Tous les convives étaient d'accord pour réparer ce scandaleux oubli. À peine avais-je émis le souhait qu'on prévienne la presse que tous se récrient : ils connaissent qui un journaliste, qui le directeur d'une revue, qui un critique de cinéma en vogue. Malgré toutes leurs relations, je ne rencontrerai que la correspondante de *Télé 7 Jours,* qui eut la faiblesse de publier une double page dans son hebdomadaire. J'avais pourtant insisté pour qu'on parle d'Esther Gallil, mais l'essentiel de l'article portait sur la plaque de Montand et de Mamie que leur petit-fils souhaitait faire apposer au milieu des stars d'Hollywood Boulevard. Seul un petit encadré précisait : « Il veut aussi relancer la carrière d'Esther Gallil ! » À la suite de cet article, je reçus quelques courriers à Zébra Production sur les Champs-Élysées. Ce fut d'ailleurs la seule et unique fois où cette adresse servit à autre chose que me coûter les yeux de la tête. En revanche, j'avais des nouvelles régulières de la banque : « *Refulling please* ». Mes cartes de crédit chauffaient à blanc : entre mes bagnoles, mon yacht, le Dôme, l'Orangerie et les fameux copains d'Esther : Billy Steinberg, Rod Stewart et même le groupe des Guns'n'Roses. Ils se goinfraient tous à ma table. À aucun moment je n'ai eu l'idée de me demander pourquoi eux ne faisaient pas le job ! Si relancer la carrière de Gallil était une si bonne affaire, pourquoi personne n'avait-il encore pris en main les intérêts de leur copine ? Michel Olivier m'entretenait dans mes illusions et ma fatuité :

– Tu es en train de faire un coup dont on va parler longtemps, mec. Un putain de coup !

Et c'est très excité que j'attendais ma visite chez Esther. Je voulais voir sa maison et son studio d'enregistrement dont allait sortir ma prochaine maquette. Installé dans ma Mercedes, je regardais défiler les villas d'Hollywood Boulevard. Aux États-Unis, les mêmes rues interminables peuvent traverser indifféremment les quartiers les plus chics comme les plus déshérités sans pour cela changer de nom. Alors que nous nous enfoncions dans Hollywood, l'aspect des rues se modifiait. Aux pelouses et aux abords paysagés avaient succédé des terrains vagues, dépotoirs de vieilles carcasses de bagnoles et d'épaves de machines à laver, où jouaient de petits Latinos enguenillés. Même le revêtement de la route s'était transformé, le superbe asphalte avait disparu entre les nids-de-poule et les raccords de ciment, et de chaque côté de la chaussée, ce n'étaient plus que trottoirs défoncés envahis par les mauvaises herbes et poubelles débordantes. Des immeubles en briques et en bois, datant de la Grande Dépression, bordaient la rue, succession de drugstores aux néons borgnes, de fast-foods graisseux et de laveries chinoises abandonnées. Des ménagères en bigoudis bavardaient devant les portes, alors qu'un peu plus loin un grand Black décharné dealait nonchalamment, avachi sur une bouche d'incendie. En quelques minutes, je venais de basculer d'un soap opéra dans un bouquin de James Ellroy. La Mercedes stoppe devant une baraque en planches patinées par cinquante ans de soleil californien. La peinture a disparu à certains endroits et plusieurs planches auraient bien besoin de quelques clous neufs. Esther m'y attend. Elle a revêtu pour l'occasion un sari de soie verte, sa copine est en sari rouge ; enlacées, elles se repassent un pétard avec lassitude. En dehors de celle du haschich, dont la maison est imprégnée, une forte odeur d'encens me prend à la gorge. Les fenêtres sont occultées par des tentures brodées d'éléphants indiens en fil d'or et de divinités qui agitent leurs nombreux bras au-dessus de leurs têtes. Il y a des bougies partout et des dizaines de coussins par terre. On se croirait dans une boutique hippie du vieux quartier d'Ibiza. Les deux lesbiennes m'encadrent et m'amènent cérémonieusement vers le fond de la pièce. Un petit autel est dressé dans un renfoncement. J'aperçois à la lumière tremblotante des bougies de petits cônes et des bâtons d'encens entourant un imposant bouddha ventripotent en bronze doré. Elles ne vont quand même pas me faire prier devant le poussah ! Visiblement elles sont très fières de me désigner deux photos posées aux pieds du bouddha. Il y a une photo de Mamie et une de moi ! Je suis horrifié lorsque les deux filles me prennent chacune par une main pour me dire : « Nous avons beaucoup prié pour ta grand-mère et pour toi ! » Je lance un regard meurtrier à Michel qui fait mine de s'intéresser au décor. Dans quelle galère ce salopard m'a-t-il embarqué ! Ce sont des folles !

– Esther, tu pourrais montrer à Benjamin ton studio d'enregistrement.

Michel tente une manœuvre pour détourner la colère que j'ai le plus grand mal à dissimuler. Les deux filles me traînent dans une pièce où, miraculeusement, pénètre la lumière du jour. Esther possède un superbe studio d'enregistrement qui pourrait figurer dans une reconstitution cinématographique des années soixante-dix, tout juste après l'invention du transistor. C'est beau comme de l'antique ! Je suis consterné. Michel intervient :

– Esther se sent bien dans cet endroit pour composer. Mais t'inquiète pas, pour enregistrer la maquette nous louerons un studio plus moderne. Ce n'est pas ce qui manque à L.A.

Esther assure qu'elle en connaît plein et m'invite à découvrir le reste de la maison. Elle l'a achetée il y a quinze ans, dans « ce quartier formidable » où habitent des musicos et les derniers survivants du *flower power*. Je n'ai pas envie de m'attarder dans leur chambre et nous nous quittons après un thé à la menthe sans sucre qui me tord l'estomac. Je trouve tout cela grotesque et je m'en prends à Michel qui se fait minuscule au fond de la bagnole :

– Dans quelle histoire m'as-tu fourré ? Jamais

cette fille ne sera capable de refaire un disque, encore moins de remonter sur scène. Elle est camée nuit et jour, elle est vieille et moche. Elle ne ressemble à rien. C'est une connerie !

– Tu es dingue ! Tu n'as rien compris, c'est le retour des valeurs sûres. Elle a un nom, une réputation et un passé. Avec un bon arrangeur et un bon studio, on pourrait faire chanter une chèvre. Tu ne vas pas laisser tomber maintenant alors que j'ai tellement investi. Demain je te trouve un studio, tu vas adorer !

– Trouve vite un studio, on fait notre maquette et ensuite on avise.

Arrivé chez l'arrangeur que m'a dégoté Michel, j'en prends plein les mirettes. C'est la maison hollywoodienne par excellence, posée sur une moquette en pur gazon chlorophylle, huit cents mètres carrés de vitres enchâssées dans des languettes de béton recouvert de marbre blanc, et une piscine d'où débordent des starlettes en string. Nous faisons le tour du propriétaire pour terminer dans le studio high-tech, dont les baies donnent directement sur la piscine. Le studio me tue aussitôt : entièrement digital avec un matos d'enfer. À l'époque, il devait n'y en avoir que deux ou trois comme celui-là à L.A. Je suis bluffé. Dans six mois j'ai fait mon disque, j'ai la même baraque et le même studio !

Je demande si nous pouvons enregistrer rapidement, et m'entends répondre :

– *Yes ! No problem pour bosser with you.*

– *How much ?*

L'arrangeur précise :

– *One million dollars !*

J'ai complètement pété les fusibles : aucun arrangeur n'a jamais demandé une telle somme pour utiliser ses studios.

– OK. Rendez-vous dans quinze jours et on enregistre.

Il me tend la main et ajoute :

– Pour la réservation du studio, c'est trente pour cent tout de suite : trois cent mille dollars.

Michel Olivier est aux anges.

– C'est dans la poche, maintenant : on a les textes de Billy Steinberg, on a un arrangeur et un studio. Elle est moche notre chanteuse, mais elle va nous faire des tubes !

Problème, je ne dispose pas d'un million de dollars, mais j'ai mon idée. Je vais faire un coup de géant : j'appelle les maisons de disques à Paris, je demande une avance sur les recettes et le tour est joué ! Ma naïveté tutoyait un abîme de connerie, mais je n'en avais rien à faire : j'étais en plein délire. Je n'eus pas l'occasion de mettre mes plans à exécution, les circonstances en décidèrent autrement. Je n'échappai au ridicule que pour tomber dans le vaudeville.

C'est par hasard, comme le mari trompé d'une pièce de boulevard, que j'eus la révélation de mon infortune. Ce coup de théâtre se produisit un soir alors que j'allais chercher Michel dans sa chambre pour le dîner. Il était au téléphone et ne m'avait pas entendu entrer. J'allais sortir par discrétion lorsqu'il prononça distinctement ces mots :

– Ouais, le petit Castaldi commence vraiment à me casser les couilles maintenant ! Mais c'est bon, j'ai réussi à lui pomper tout son blé. Dans un petit mois, j'aurai tout pris et je rentre !

Je restai pétrifié. C'était un cauchemar. Je ne croyais pas ce que je venais d'entendre. Sentant ma présence, il s'est retourné brusquement, ouvrant de grands yeux.

– Merde !

Je sentis la haine monter en moi. Je suis devenu complètement fou. Je me suis jeté sur lui, l'ai empoigné par le col de sa veste et l'ai tiré jusqu'au balcon. Je l'ai suspendu au-dessus du vide en gueulant :

– Je vais te tuer, espèce d'ordure ! Je vais te tuer ! Tu m'as vraiment pris pour un con, tu vas le payer, salaud !

– Ne fais pas le con, Castaldi ! Ne fais pas le con ! De toute façon, je suis déjà mort !

À cette remarque, j'eus un moment d'hésitation. Je repris mes esprits. Heureusement. Je relâchai mon emprise et le redressai. Il avait l'air minable.

– Je ne t'ai jamais forcé à faire quoi que ce soit. C'est toi qui as décidé seul.

– Tu n'es qu'un escroc, une salope. Tu vas crever et je ne vais pas te pleurer.

Mon petit monde s'écroulait. Je prenais tout en pleine figure. Je me voyais tel que j'étais : un incroyable idiot. J'avais gaspillé mon héritage en jouant dans la cour des grands alors que je n'étais qu'un nul, une merde ! Je pensais à mes grands-parents, à mon père, à ma mère, à mon arrogance déplacée. La banque venait de m'annoncer qu'il n'y aurait plus de *refulling*. J'avais dépensé non seulement tout mon argent, mais aussi mon crédit. J'avais plusieurs milliers de francs de dettes et je ne pouvais plus rien payer. Je ne ferais jamais ce disque et mon rêve de L.A. virait au cauchemar. Les banques acceptèrent toutefois de payer l'hôtel, ce qui m'évita de me retrouver dans une situation délicate aux États-Unis. Il ne me restait plus que mon billet de retour en première. Il était temps pour moi de plier bagage. Michel Olivier m'accompagna jusqu'à l'aéroport, piteux et sans un rond, dans l'espoir d'abattre sa dernière carte.

– Qu'est-ce que je vais devenir ? Tu ne peux pas me laisser comme ça. Je suis malade...

– J'en ai rien à foutre, tu m'as trop pris pour un pigeon. Maintenant tu peux bien crever, je ne veux plus rien faire pour toi !

Je lui ai tendu son billet d'avion et vingt dollars que je venais de tirer à la billetterie. Je soldais là notre rencontre.

– Je ne veux plus jamais te revoir, tu m'as bien compris ?

Ce retour à Paris fut cauchemardesque. Le contraste entre le luxe dans lequel je voyageais et l'état désespéré de ma situation financière était surréaliste. Je ne pus rien boire, rien avaler, au grand désespoir des hôtesses qui s'entêtaient à vouloir me faire plaisir. Pendant le voyage, je somnolai, voyant dans mes rêves des dizaines de factures qui me poursuivaient dans le ciel. Je me réveillai en sursaut, l'angoisse et l'amertume au cœur. Lorsque l'avion atterrit à Roissy, je me remémorai mon joyeux départ quelques semaines auparavant, la situation m'apparut dans toute sa cruauté. À Paris, il faisait un temps de chiotte !

# 9

Je me suis mis à grossir.

À vraiment grossir. J'avais atteint cent dix kilos. Je suis devenu boulimique, entassant la nourriture en moi comme pour colmater un trou sans fond. J'étais le tonneau des Danaïdes que rien ne pouvait remplir. La honte, après ma mésaventure américaine, me dévorait comme un ver solitaire lové dans mon estomac. Je ne voulais voir personne, m'enfermant pendant des jours dans mon appartement. J'avais découvert qu'il était possible de rester plusieurs heures devant un jeu vidéo sans se soucier de la vie extérieure. Je ne me levais que pour bouffer. Tout ce qui me tombait sous la main était englouti. J'étais capable d'avaler de la crème fraîche à la louche, de m'enfourner des Rice Crispies à pleine poignée, de dévorer à la suite plusieurs tablettes de chocolat, de me tartiner une demi-baguette de pâté de foie. Je buvais d'une traite une bouteille d'un litre et demi de Coca. Puis je m'enfilais un camembert, un pot de confiture à la fraise et pour finir un paquet de chips. Rien ne pouvait m'écœurer, j'étais au-delà de toute vergogne, de toute abjection : j'avais décidé de me supprimer à la bouffe. Je me détestais, je me haïssais. Je n'étais qu'un fils pourri, un gosse de riches qui avait dilapidé l'argent de ses grands-parents. J'étais un crétin prétentieux qui avait reçu une fessée morale cuisante pour sa vanité. J'avais réduit les contacts avec le monde extérieur à leur plus simple expression. Je ne voyais que ma fiancée et personne d'autre. Les coups de téléphone se faisaient de plus en plus rares et, de mon côté, je n'appelais plus personne.

Mon entourage était désespéré. J'étais pathétique. Une épave, ballottée dans la mer de l'amertume. Je continuais à grossir. Je décidai de me marier. Mes beaux-parents nous avaient offert notre voyage de noces au Brésil. Au vu de l'état de mes finances, cela tombait bien ! Je n'avais aucune envie de partir en voyage. Je ressemblais à un gros cachalot échoué sur le sable d'une plage. J'en avais la nausée. Cet hôtel de luxe, prévu dans le programme, me rappelait cruellement Los Angeles. Mes seules consolations étaient les repas. La situation devenait de plus en plus insupportable, et mon humeur de dogue perpétuellement affamé n'était pas franchement ce que l'on peut attendre d'un jeune époux en voyage de noces. Un problème avec mon ancien associé dans l'affaire des pizzas écourta ces pénibles vacances et je dus rentrer à Paris. Pour y faire quoi ? Rien. Je m'enfermai à nouveau dans mon studio. Le désespoir ne supporte pas le dépaysement, quant à la dépression, elle semble encore plus vertigineuse au soleil, sous les palmiers. Je restai ainsi pendant plusieurs mois, macérant entre le remords et les imprécations, revivant jusqu'à l'écœurement tous les épisodes de mon fiasco américain. Je me complaisais en fait dans ce masochisme qui me donnait une bonne raison de ne pas réagir et m'évitait d'affronter mes propres démons. Il est possible également que j'aie eu besoin de lécher mes plaies : même si celles-ci n'étaient pas mortelles, elles étaient néanmoins bien ouvertes et me brûlaient l'âme. Ce cocon douillet, fabriqué de mon propre corps, ne pouvait durer. J'en sortis de la manière la plus banale qui fût. Je me vis un beau jour dans la glace et le spectacle du cochon dodu qui me regardait dans les yeux me fut soudain insupportable. La veille encore, je m'apitoyais sur mon apparence en accusant le mauvais sort de m'avoir ainsi transformé. Cette fois, je décidai de remiser mes jérémiades. *Mon vieux, il faut que tu perdes cinquante kilos. Tu dois le faire ! Il n'y a pas trente-six solutions : tu te remets au sport !*

Et comme si je me réveillais d'un cauchemar, la vie m'apparut différente. Oh ! je n'étais pas encore guéri de mon infortune, mais elle m'apparaissait déjà sous un autre aspect. Ce n'était plus une montagne à escalader, mais un long chemin dont les obstacles ne me semblaient plus infranchissables. Je me jetai frénétiquement dans la course à pied. L'effort physique a quelque chose de formidable : il empêche de penser. Lorsque l'on pratique un sport, n'importe lequel, toutes les ressources du cerveau sont mobilisées au service du corps. Le principe du sport est de pousser le corps jusqu'à ses limites. En même temps, une pratique régulière les repousse progressivement. J'imagine que le cerveau, sentant qu'il y a danger, éprouve le besoin impérieux de surveiller ces paramètres qui flirtent avec les limites, et n'éprouve plus le besoin de sécréter de la métaphysique. Et, dans mon cas, de la dépression suicidaire.

Je surveillai donc ma nourriture. C'est de cette époque que date ma formidable érudition sur l'amaigrissement du corps humain par différents moyens de coercition. Après de multiples recherches dans plusieurs magazines féminins ; la consultation et l'audition d'anciennes combattantes de la cause ; les récits pathétiques d'actuelles victimes de régimes, j'en arrivai à la conclusion qu'il n'y a pas de miracle. Et que le meilleur moyen de maigrir consiste, avec quelques aménagements, à s'affamer pour obliger son corps à puiser dans ses réserves pour subsister. Je mis autant d'énergie à m'affamer que j'en avais mis à me rassasier. Le résultat ne se fit pas attendre : je maigris de façon spectaculaire, tout en continuant à me nourrir sainement. Je faisais très attention à ce que je mangeais, pesant ma nourriture, calculant scientifiquement le nombre de calories, la valeur en lipides, graisses, protéines de chaque bouchée. J'emmagasinai une documentation extraordinaire sur le sujet, ce qui me permet encore aujourd'hui d'étonner mes amis par mes connaissances sur le sujet. On me conseilla même, à l'époque, de rédiger une étude comparative de tous ces régimes dont certains, particulièrement étonnants, se refilaient entre copines, comme jadis les sorcières se transmettaient la recette du bouillon maigre à la bave de crapaud et de gésiers de blanche colombe.

Grâce au sport et à un régime adapté, je me refis une santé morale. C'est-à-dire que je ne pensais toujours qu'à manger, mais cette fois en petites quantités diététiques. Je revivais. Je décidai de m'octroyer quelques jours de vacances et partis en Bretagne rejoindre ma mère dans sa maison, Ker Volodia. Je passai mes journées à paresser au bord de la piscine à ne rien faire et à bronzer avec satisfaction ce corps qui avait réintégré ses anciennes mensurations. Je fus brutalement interrompu dans mes rêveries d'autosatisfaction par la voix tonique de ma mère, qui m'interpellait depuis le parasol sous lequel elle s'était réfugiée. Il faut préciser que ma mère redoute les coups de soleil.

– Tu vas rester combien de temps à ne rien foutre ?

L'accusation me transperça comme une stalactite de glace se détachant du ciel bleu pendant que je cuisais doucement sous le soleil. Incapable de répondre à cette agression caractérisée, je suffoquai d'indignation. En vérité, j'étais bien en peine de répliquer quoi que ce soit. À l'expression de son visage, je vis clairement que ma mère attendait de pied ferme une réplique de ma part. Elle ne manquait pas d'arguments. *Quoi, tu oses l'ouvrir ? Veux-tu que je te rappelle les millions que tu as dépensés en quelques semaines ? Et l'argent que je t'ai donné pour éponger tes dettes et t'éviter une lourde condamnation ? Que comptes-tu faire maintenant pour me rembourser ? Quand vas-tu bouger ton putain de cul, au lieu de rester avachi sur ma terrasse à profiter de ma piscine et de mon soleil ?* J'avais terriblement envie de l'envoyer se faire voir tant cette attaque me semblait injuste. Je préférai m'abstenir et mon silence fut ressenti comme une capitulation, un honnête remords, une sainte contrition. Son ton se radoucit et d'agressif devint bougon. Dans ces moments-là, elle me rappelait Mamie. Elle marmonnait en mâchant les mots avant de lancer une remarque incisive :

– Bon, il faut faire quelque chose, quoi ! Tu ne peux pas rester ainsi, il faut te reprendre. Tu devrais rappeler Drucker, tu sais qu'il prépare une nouvelle émission. Appelle-le, au pire tu porteras des cafés sur le plateau, mais au moins tu vas bosser. Tu ne gagneras peut-être que cinq mille francs par mois mais cela ne peut que te servir de leçon, toi qui les dépensais en quelques heures ! Tu vas apprendre ce que c'est que de gagner sa vie ! Tu m'as comprise ?

– Oui, maman.

Je téléphone pour prendre rendez-vous avec Michel Drucker qui affine en ce mois d'août son émission de rentrée. De retour à Paris, je le rencontre entre deux portes, il ne comprend pas très bien qui je suis et ce que je veux... Bref, il me renvoie vers Françoise Coquet, sa productrice. Elle m'écoute gentiment et, du coup, je me lâche en lui racontant en détail mon aventure hollywoodienne. L'histoire l'amuse beaucoup et, entre deux éclats de rire, elle parvient à me dire :

– Écoute, il n'y a pas de place d'assistant de plateau. En revanche, dans trois jours, on fait un casting pour des chroniqueurs. Prépare quelque chose et, si ça se tient, on te prend dans l'émission.

Je la remercie et je rentre chez moi déprimé. Je m'efforce quand même d'écrire une chronique. Il me faut un sujet. Mes yeux tombent sur le programme télé qui traîne sur le canapé. *Et si je faisais ma chronique sur les journaux télé ? Un truc humoristique, par exemple, en comparant les différents critiques...* L'idée ne me paraît pas trop sotte, je file acheter les hebdos télé et je m'attelle à la tâche. Il me faudra trois jours pour écrire vingt malheureuses lignes. Le jour de l'audition approche et je suis mort de trouille. Une foule de jeunes gens comme moi, pleins d'espoir et pétris d'ambition, sont déjà là. Je ne m'accorde pas la moindre chance face à Gaël Leforestier, Olivier Ménard et d'autres qui me semblent tous meilleurs que moi. Mon tour arrive, je m'installe devant le micro et, miracle, le trac qui me paralysait quelques secondes auparavant disparaît. Je me concentre sur mon texte, respire un bon coup, lance un grand sourire, et c'est parti ! J'y vais d'une traite, j'articule à peu près correctement, je ne bafouille pas, je reprends ma respiration : c'est fini ! La trouille réapparaît comme un raz de marée japonais, je regarde autour de moi. J'aperçois des sourires et même des regards de sympathie. *Peut-être n'ai-je pas été si mauvais : ma chronique les a fait rire ! Ou alors j'ai été si mauvais que je leur fais pitié !* Je regarde Michel Drucker, il me sourit et fait signe au suivant. La production m'informe que j'aurai une réponse dans quarante-huit heures. Je rentre chez moi en ressassant mon texte. Je le connais par cœur, je me fustige : j'aurais dû utiliser telle ou telle intonation. C'est long, deux jours... Je découvre toute la palette des émotions. Comme ce baromètre ridicule qui trônait dans la cuisine d'Autheuil, où une petite fille de porcelaine changeait de couleur selon le temps, je passe du bleu pâle de la résignation au vert de l'espérance, puis au rouge du doute, jusqu'au noir du désespoir.

Ponctuel, deux jours plus tard Michel Drucker me passe un coup de fil rapide : « OK, c'est bon ! Mais tu ne vas pas faire de chronique sur la télé : j'ai une autre idée. » Michel avait dû se dire qu'en ayant le petit-fils Montand-Signoret dans son équipe, il serait mieux de le faire parler de cinéma ! Ce n'était pas une mauvaise idée d'autant qu'à défaut d'avoir une véritable culture cinématographique, j'avais tout de même un sérieux bagage. À partir des premiers films que je regardais sur l'U-matic de Montand, j'avais développé une véritable passion pour le cinéma et, dès l'âge de dix-douze ans, je regardais au moins une douzaine de films par semaine. Chaque week-end, mon père m'emmenait au Grand Rex pour découvrir les nouveautés et ma mère m'avait abonné à un vidéo-club. Si j'enlève les pornos et les films d'horreur, je pouvais me considérer à l'époque comme un amateur éclairé. Aussi, lorsque Drucker m'annonce que je vais tenir la chronique cinéma de « Studio Gabriel », je saute au ciel et plonge une nouvelle fois dans une crise de mégalomanie. *Un chroniqueur à la télé ne peut pas se faire moins de trente mille balles par mois. Je vais pouvoir me racheter une bagnole...* Mon premier cachet se chargea de me ramener à une plus juste évaluation de la réalité : mille francs bruts par chronique. Je faisais quatre chroniques par mois : quatre mille balles ; moins que le smic ! Remis sur les rails, il me restait à gagner mes mille francs. La chronique durait trois minutes, mais Michel parlait tout le temps sur mon sujet, si bien qu'il me restait rarement plus d'une minute. Pour me consoler, je me disais qu'à ce tarif-là, j'étais quand même payé soixante mille francs de l'heure !

Cette année-là fut difficile, mais riche d'enseignements. Ce fut ma première année de formation dans ce métier où tout s'apprend sur le tas. Je n'étais pas bon. J'étais maladivement timide, rongé par mes déboires précédents et je manquais de confiance en moi. J'étais persuadé que cela n'allait jamais marcher, que tout le monde s'apercevrait rapidement que je n'étais qu'un imposteur. Après certaines chroniques, il m'arrivait de pleurer de honte et de dégoût. J'étais convaincu que Michel allait me virer et que je n'avais été retenu que par piston. Ma mère ne se gênait pas pour me le confirmer et je sentais bien que mon père partageait cet avis.

Mon principal problème était la diction. Je n'arrivais pas à articuler correctement et, si un événement imprévu survenait lors des enregistrements, je paniquais. Je comprends maintenant pourquoi Michel « meublait » pendant mon temps de chronique : c'était pour masquer mes insuffisances et mes imperfections. Néanmoins, il eut la patience de me garder et de me laisser une chance de faire mes preuves. Je travaillai dur, avec mon père. Il enregistrait mes chroniques et me les repassait au ralenti pour critiquer mes attitudes, mes mouvements, les petits travers qui desservent les présentateurs. Il me faisait mettre un crayon dans la bouche et je devais réciter les classiques. Je me replongeai dans Racine, Montesquieu et Rabelais, déclamant le plus intelligiblement possible malgré le mors de bois qui me dessoudait la mâchoire. « Benjamin, ce n'est pas bon ce que tu fais. Recommence ! » Et je recommençais chaque jour, déglutissant des vers en scandant les mots comme dans une manif. Je n'étais pas bon, mais je m'accrochais : je n'avais pas le choix, c'était, pensais-je, ma dernière chance de prouver que je n'étais pas ce vilain petit canard couvé dans un nid prestigieux. À ma grande surprise, je m'améliorai petit à petit et je commençai à prendre du plaisir à débiter ma chronique. Je m'aperçus aussi qu'on m'accordait un peu plus de temps, un peu plus d'attention. Je gagnai en assurance. Je me reconstruisais progressivement. Il faudra quand même trois ans pour que je ne me réveille plus en nage, après un cauchemar dans lequel je me retrouve devant les caméras avec un vertigineux trou de mémoire, sous les ricanements de milliers de personnes.

C'est à cette époque que je mesurai le prestige qu'avaient eu Montand et Signoret, et le souvenir qu'ils avaient laissé. Un peu de leur gloire rejaillissait sur moi, mais dans le bon sens, apaisant les brûlures que je sentais à peine cicatrisées. Il m'était agréable de m'entendre dire par tel ou tel invité : « J'ai connu votre grand-mère » ou qu'un spectateur s'approche de moi pour m'assurer de l'admiration qu'il avait eue pour Montand. Je ne prenais pas pour moi ces marques de fidélité à leur mémoire, je ne pensais pas que j'étais dépositaire d'une parcelle de leur talent. Non, j'étais en quelque sorte la preuve toujours vivante de leur existence. Comme la famille reçoit à la fin d'un enterrement les marques de sympathie de ceux qui ont connu le défunt, je recueillais ces témoignages comme une forme de consolation et d'hommage. C'est vraisemblablement pour cette raison que je redoublais d'efforts.

Je redoutais par-dessus tout que Michel me garde à « Studio Gabriel » « en mémoire » de mes grands-parents. Je conçois que l'on vous mette le pied à l'étrier, c'est sain et normal. En revanche, ce qui est gênant, c'est de prendre la place de quelqu'un d'autre, meilleur que soi, mais qui ne bénéficie pas des mêmes relations, et de s'y maintenir contre toute équité. Malgré mes imperfections, je pense que Michel Drucker y trouvait son compte, et le moins que je pouvais faire était de donner le meilleur de moi-même. En prenant du métier et de l'expérience, je ne me contentais plus de parler des personnalités de cinéma *ex cathedra*, j'avais de plus en plus envie de me rapprocher d'eux. J'étais une sorte de groupie fasciné par la vie des stars. Cela peut sembler paradoxal, puisque j'avais vécu proche de deux monstres sacrés du cinéma et que cette proximité aurait dû flétrir mon intérêt pour leur intimité. En réalité, je l'ai déjà dit, j'avais l'impression d'être passé à côté de Montand et de Signoret parce que je les avais réduits aux dimensions d'un grand-père et d'une mamie.

Je pus satisfaire ce travers de midinette grâce à « Studio Gabriel », où j'interviewais des stars. Comme chacun sait, il est difficile de les approcher en temps normal, sauf pendant la période de promotion qui précède la sortie de leur dernier film. La star se prête alors à toutes les émissions, toutes les interviews et répond avec sourire aux questions – toujours les mêmes – concernant : primo, le film ; deuzio, son rôle dans le film ; tertio, le talent du réalisateur ; et quarto, ses camarades de tournage « qui formaient une équipe si chaleureuse », sans oublier la « compétence extraordinaire » de l'équipe technique ! Lorsqu'on s'approche de sa vie privée, la star perd le sourire et se crispe. C'est pourtant ce qui passionne le public. Je ne réussissais pas trop mal dans cet exercice. J'ai ainsi réalisé plusieurs centaines d'interviews d'acteurs, d'écrivains, de personnalités « des arts et du spectacle » avec suffisamment de bonheur pour qu'on renouvelle ma chronique. J'étais fasciné par les stars du cinéma américain, j'ai aussi pu approcher et interviewer Jodie Foster, Mel Gibson, Schwarzenegger, Stallone, Bruce Willis... Je trouvais tellement extraordinaire de pouvoir les toucher des yeux que cela devait se ressentir dans ma manière de les questionner.

C'était aussi un moyen de comprendre ce qu'avait été la vie de mes grands-parents. Parce que leur métier de comédien m'était resté étranger, chaque fois que je réalisais une interview, c'était pour moi une manière d'obtenir quelques informations sur Montand et Signoret. Quand Tony Curtis me disait sur le plateau de « Studio Gabriel » : « Je suis content de vous rencontrer parce que j'ai bien connu votre grand-mère », j'étais transporté de plaisir, mais c'était surtout l'occasion de le questionner sur la manière dont ils s'étaient rencontrés, la qualité de leur relation, son jugement sur sa carrière... Un tas de petits éléments que j'enregistrais soigneusement, et qui me permettaient de recréer un portrait de Mamie à travers le regard et la mémoire des autres. Grâce à ce nouveau métier, je renouais avec l'histoire de ma famille et j'en éprouvais un vrai bonheur. Quand Jeanne Moreau se mettait à parler de Simone Signoret, je restais muet d'étonnement et de respect. Et le jour où Jorge Semprun s'est assis en face de moi devant le micro, j'ai commencé l'interview en lui disant : « Jorge, je suis très content que vous soyez là, parce que je vous ai toujours connu. Vous passiez un week-end sur deux à Autheuil ; j'ai mangé en face de vous un nombre incalculable de fois et, malgré ça, je ne vous ai jamais écouté, je ne vous ai jamais posé une seule question, je n'ai jamais prêté attention à ce que vous partagiez avec Montand et avec Mamie. Je le regrette infiniment. Alors aujourd'hui j'ai l'intention de réparer toute cette indifférence. Vous êtes en face de moi, et c'est magnifique ! Alors je vous en prie, Jorge, racontez-moi... »

L'aventure de « Studio Gabriel » m'a regonflé à bloc. J'ai retrouvé la forme et la « niaque ». Michel n'a jamais su à quel point il a été important dans mon existence. Je suis persuadé qu'il m'a sauvé la vie car, dans l'état où je me trouvais, physiquement et psychologiquement, j'aurais pu basculer dans le fait divers. J'ai mis trois ans à me reconstruire, de 1994 à 1997, et, grâce à lui, j'ai pu tourner la page la plus sordide de mon existence.

Après avoir ramé pendant trois ans, j'ai présenté ma première émission seul. C'était sur La Cinquième. Il s'agissait d'interviewer des ados à la porte des lycées ou dans des cafés, sur leur style de vie en matière de musique, de fringues, de films... Le titre annonçait le programme : « L'étoffe des ados ». Je voyageais dans toute la France à leur rencontre, ce qui me permit de perfectionner les techniques d'interview. Les sujets n'étaient pas difficiles, je devais juste bien flairer l'air du temps et m'adresser à eux dans leur langage, qui n'était pas très éloigné du mien. Cette expérience, que l'on pourrait considérer comme mineure dans l'apprentissage de mon métier, fut certainement fondamentale dans ma manière d'aborder professionnellement les gens, et me permit un peu plus tard d'effectuer des interviews plus pointues à Europe 1.

Ma première vraie chance de devenir animateur me fut offerte par France 2. L'émission qui s'appelait « Fou d'humour » était assez ambitieuse. Le principe consistait à recevoir des comiques pour leur proposer un show improvisé. Cela peut paraître simple, mais c'est en fait très risqué. Si l'artiste n'est pas un vrai *show-man*, c'est un fiasco assuré ! Les numéros qu'exécutent les comiques sont répétés et rodés au millimètre près et ne supportent pas l'improvisation. Je devais judicieusement les mettre en valeur et les amener à être drôles en dehors de leur répertoire. Et tout cela devant un public. Je ne me rendais pas vraiment compte du cadeau, et j'étais inconscient de ce que j'avais entre les mains. Lors de la première émission j'avais sur le plateau Pierre Palmade, Jean-Marie Bigard, Élie Semoun, Pascal Légitimus, Didier Bourdon, Dieudonné... les plus grands comiques de France ! Juste avant l'enregistrement, j'avais cru malin d'aller saluer le public, assis depuis des heures sur les gradins. Grave erreur. Pour deux raisons. Primo, hormis pour les grandes émissions, le public ne sait pas toujours à quoi il va assister, car bien souvent les spectateurs sont dirigés, en fonction des enregistrements, vers tel ou tel studio. Secundo, mes prestations télévisuelles ne m'avaient pas permis d'accéder au vedettariat. « Qui c'est celui-là ? Tu le connais ? » avaient accompagné ma tentative de fraternisation. Pour l'heure, j'avais préparé une courte introduction de quinze lignes, sans prompteur ni oreillettes, et je comptais sur mon « talent » pour présenter les invités qui, dans mon esprit, allaient faire le spectacle.

J'arrive sur le plateau et je me lance dans une tirade qui pourrait se résumer à « bonjour, bienvenue à tous pour cette nouvelle émission qui va nous permettre de découvrir ce qui fait rire ceux qui nous font rire ». Et là, un trac abominable m'envahit, je peux tout juste articuler mon introduction, je parviens à peine à présenter mes invités « qu'on ne présente plus ». Puis je m'assois à la grande table avec eux, je m'enfonce dans mon fauteuil et je deviens spectateur de ma propre émission ! Un talk-show qui n'est pas dirigé devient rapidement un brouhaha où tout le monde parle en même temps et n'écoute personne. C'est le rôle de l'animateur de « discipliner » ses invités, aussi prestigieux et talentueux soient-ils. D'ailleurs, les vrais professionnels se plient volontiers à cette règle. Paralysé au fond de mon siège, je laissais partir l'émission dans tous les sens. J'étais défaillant. Heureusement que je recevais des Grands, qui avaient ce talent de faire rire le public rien qu'en ouvrant la bouche. Après une heure de confusion, mais dans la bonne humeur générale, mon supplice prit fin et je m'empressai de remercier les invités, le public et les chers téléspectateurs en leur souhaitant de nous retrouver la semaine suivante. L'émission enregistrée fut visionnée par la direction de la chaîne. Convoqué peu après par mon producteur, il me tint à peu près ce discours :

– La chaîne a vu l'émission. Elle trouve que le concept est très fort. Les décors sont très forts. Les magnétos sont très forts. Tout est très bien !

– C'est parfait, alors !

– Il n'y a qu'un truc qui ne va pas !

– Ah ! quoi ?

– C'est toi !

Je tombais de haut. Trois autres émissions étaient prévues, je devais continuer à animer. Si l'on peut dire ! Il fallait m'accrocher, bien que je sois persuadé que je n'étais pas fait pour ça. Il n'était pas question de me remplacer. Heureusement, parce que si le producteur avait résilié mon contrat après cette première émission, j'étais définitivement brûlé dans le métier. J'avais une nouvelle fois péché par désinvolture et excès de confiance. On ne peut pas faire n'importe quoi à la télé, j'avais pourtant été à la meilleure école pour le comprendre. Michel Drucker dispose sur chacun de ses invités d'une fiche complète qu'il relit soigneusement avant l'émission, même s'il les a déjà reçus plusieurs fois. J'eus l'occasion de l'expérimenter rapidement puisqu'il m'appela pour coanimer sa nouvelle émission « Vivement dimanche ». Coanimer avec Michel Drucker est totalement impossible parce qu'il est très difficile d'exister à côté de lui. J'en profitai pour regarder, enregistrer et apprendre. Malgré tout, j'éprouvais un sentiment de frustration car j'avais l'impression de faire le bouffon à côté de lui, et de n'être qu'un faire-valoir, sans grande utilité.

Je n'avais pas les ailes pour voler à sa hauteur. Je sentais que Michel n'était pas non plus satisfait. J'avais perdu ma fraîcheur et je n'avais plus la même spontanéité dans mes interventions. En fait, je n'étais plus un « bleu », mais je n'étais pas encore un pro. Mauvaise période. Je n'étais pas bon et j'avais l'impression d'enchaîner les émissions comme on va pointer. Autant à la fin de mes trois années de chronique j'avais le sentiment d'avoir trouvé un ton, autant cette année-là j'étais professionnellement paumé. Quant à Michel, il ne pouvait éternellement me servir de maître d'école. Il fallait que je me débrouille seul et définisse mon style.

Et là, j'ai eu un « gros coup de cul », comme dirait ma mère. Jean-Louis Remilleux, qui produisait « Célébrités » sur TF1, m'appela pour me proposer d'animer une chronique dans son émission. J'étais en bonne compagnie avec Stéphane Bern et Carole Rousseau, protagonistes de la première grande émission *people* à la télé française. On m'avait confié la rubrique cinéma pour tourner des sujets dans l'intimité des célébrités. J'étais donc appelé à me retrouver à Los Angeles, nid de stars d'où j'étais parti quelques années plus tôt comme un gros ours gourmand et bêta poursuivi par une nuée d'abeilles. Cette fois-ci j'y retournais en Concorde avec Jean-Louis Remilleux qui voulait m'installer là-bas comme envoyé spécial permanent. Inutile de préciser que je débarquai à l'aéroport de Los Angeles « non sans une certaine émotion » qui faillit me tirer une larme. D'autant que j'allais vivre plusieurs semaines par mois à L.A. pendant un an, tous frais payés ! J'en profitai pour hanter les lieux de mes anciens exploits où personne ne me reconnut, ni à l'Orangerie, ni au Dôme, ni à l'hôtel. Mon yacht était toujours à la même place, et semblait n'avoir jamais pris la mer. On y donnait encore des cocktails ! Je me demande aujourd'hui si ce navire possède un moteur et des hélices, ou si ce n'est qu'un décor de plus dans la ville des illusions. Pendant un an, je m'éclatai à L.A. : j'ai joué au golf avec Kevin Costner, j'ai été reçu chez Harrison Ford, j'ai passé une semaine chez Jean-Claude Van Damme pour tout filmer : ses toilettes, sa femme, ses crucifix accrochés sur tous les murs, sa salle de gym grande comme une salle de congrès. J'ai « couvert » la vente aux enchères des objets de Marilyn, ce qui m'a permis de prendre en main, devant la caméra, le scénario original du *Milliardaire*. J'ai eu un petit pincement au cœur et un frisson en imaginant ce que ce simple tas de feuilles de papier avait changé dans la vie de Marilyn Monroe, d'Arthur Miller, de Montand et de Mamie... Lorsque l'on m'a demandé de tourner un sujet sur le mythique Beverley Hill Hotel, j'y ai aussitôt réservé une chambre pour m'imprégner de l'atmosphère unique qui règne dans ce temple des stars hollywoodiennes. Clin d'œil du destin ou signe de l'au-delà, on me donna la suite que Montand occupait régulièrement. Pourtant j'avais fait ma réservation de façon totalement anonyme et sans faire état de mes liens familiaux. Je me suis dit alors, puérilement, que Montand m'avait certainement pardonné mes bêtises hollywoodiennes puisqu'il m'accueillait dans sa chambre !

Le coup dont je suis le plus fier a été l'interview croisée de Sharon Stone et de Danielle Mitterrand. Un véritable scoop, puisque la star et la femme du président de la République donnaient rarement d'interview, et jamais dans une émission *people*. J'avais dégoté l'information à Paris, par hasard. Le Dalaï Lama serait à Los Angeles le vendredi suivant et Sharon Stone remettrait en sa présence un prix à Danielle Mitterrand pour sa fondation. Je me dis : « C'est une occasion unique, il faut que je me fasse inviter à la cérémonie. » À l'époque tout le monde courait après une interview de Sharon Stone et je n'ai eu aucun mal à partir aussitôt pour L.A. en prétendant que j'avais leur accord pour un rendez-vous. En réalité, je n'avais que mes illusions et un sacré culot. La remise de prix devait se dérouler au temple bouddhiste au coin de W&Stample. Quand le Dalaï Lama se déplace aux États-Unis, il faut savoir qu'il y a autant de mesures de sécurité que pour le Président : des hélicos, des tireurs d'élite, le FBI et deux ou trois polices municipales et du canton... Comme de surcroît, quatre ou cinq ans auparavant, un forcené s'était retranché dans ce temple et y avait commis un massacre, tous les invités et les journalistes étaient rassemblés dans une pièce sous surveillance spéciale. On nous annonce alors que ceux qui ont envie d'aller aux toilettes ont intérêt à le faire immédiatement car nous serons ensuite parqués pendant trois heures sans pouvoir bouger. Je ressens aussitôt une envie pressante ! Je suis obligé de lever la main comme à l'école pour que deux flics du FBI en costume noir avec oreillettes m'escortent jusqu'aux toilettes. Je n'étais pas assuré du succès de mon entreprise : j'avais bien obtenu l'accord de Danielle Mitterrand pour l'interview mais l'agent de Sharon Stone, contacté par téléphone, avait été brutal : « *No way !* »

J'avais enfilé pour l'occasion un costume et une cravate. Je me sentais particulièrement ridicule. Plus la cérémonie avançait, moins j'étais sûr d'obtenir l'interview. Brusquement, le Dalaï Lama s'éclipse, dix minutes avant la fin. Aussitôt branle-bas de combat du côté de la sécurité : en deux minutes, il n'y a plus un seul flic en uniforme ou en civil dans l'immeuble ! Il y avait trois sorties possibles. J'envoie aussitôt des membres de mon équipe à toutes les issues. La consigne est d'entraîner Sharon Stone dans un petit studio que j'ai improvisé dans une pièce. Moi, je fonce dans la direction où j'ai vu disparaître les deux femmes. Et soudain je les aperçois qui s'avancent en papotant. Danielle Mitterrand, que j'avais déjà reçue à Europe 1, me reconnaît et me présente à la superbe Sharon Stone en ajoutant que je suis le petit-fils de Simone Signoret. Aussitôt Sharon se détend et me dit que, lorsqu'elle a tourné le remake des *Diaboliques*, elle a longuement étudié le jeu de Simone dans la version originale et que ma grand-mère lui a servi de modèle. Tout cela crée des liens et je lui propose de la filmer. Elle accepte le principe d'une interview croisée avec Danielle Mitterrand et je tourne quarante-cinq minutes de bonheur sur les femmes, le pouvoir, la célébrité. L'interview eut un tel succès qu'elle fut publiée par *Paris-Match*.

Je continuais mes sujets pour « Célébrités », mais je n'avais plus le même enthousiasme et le principe de l'émission était en train de s'épuiser. L'audimat s'en ressentait. Il devenait de plus en plus difficile de trouver de bonnes idées et les chroniques étaient de moins en moins à la hauteur. La dernière interview réalisée illustre ce déclin. On m'avait demandé de rencontrer une fille qui s'appelait Gurmuk, sorte de sorcière plus ou moins gourou de stars à Hollywood, qui me rappelait furieusement une époque dont je préférais ne pas me souvenir. Et l'autre folle de m'expliquer devant la caméra qu'elle a fait accoucher sans douleur Cindy Crawford grâce à la « technique de l'oiseau ». Elle pratiquait cette soi-disant recette indienne ancestrale pour guérir à peu près toutes les maladies. L'essentiel de la thérapie consistait à se dresser sur la pointe des pieds et à battre des bras comme un oiseau bat des ailes ! Elle prétendait qu'au bout d'une longue pratique (à mille dollars la séance) on pouvait décoller du sol. Et pour me convaincre, elle me demanda de la tester. Pris au piège, j'acceptai stupidement. La séquence fut diffusée à l'antenne. Je décidai aussitôt d'arrêter « Célébrités », mais de continuer mon émission sur Europe 1.

Dans la foulée, TF1 testait une nouvelle émission, « Les Petits Princes ». Le concept était une sorte de compromis baroque entre « La Piste aux étoiles », « L'École des fans » et « Les 7 d'or »... avec plusieurs coanimateurs et animatrices, plusieurs plateaux, des dizaines d'enfants... J'avais participé à la première émission en faisant un numéro avec ma partenaire télé de l'époque, Linda Lacoste. Nous exécutions une des danses de *Grease.* J'étais certain que cette émission n'allait pas rester dans les mémoires et j'acceptai de participer à la prochaine sans grandes illusions. Je ne savais pas, alors, que « Les Petits Princes » allaient bouleverser ma vie.

# 10

L'émission des « Petits Princes » avait lieu avant Noël. Des enfants remettaient à leurs chanteurs préférés un trophée au cours d'une soirée de variétés animée par de jeunes animateurs de TF1. Chacun d'entre nous devait effectuer un numéro en chantant. L'année précédente, j'avais imité Travolta dans *Grease* avec Linda Lacoste. Cette année-là, je ne savais pas qui serait ma partenaire parmi les animatrices de TF1. Lors d'une séance photo, j'ai aperçu Flavie Flament qui était en séance de maquillage au fond du studio. Je ne la connaissais que de vue, et il faut bien avouer que j'avais flashé sur elle. Mais nous ne nous connaissions pas et je décidai de forcer le sort en allant la voir. Flavie – elle me l'avouera bien plus tard – n'avait pas une bonne image de moi. Mais elle fit l'effort d'être aimable. Notre séquence rendait hommage aux années quatre-vingt. Flavie qui aimait beaucoup la chanson de Gilbert Montagné *On va s'aimer* me proposa de l'interpréter en duo. J'acceptai avec d'autant plus d'empressement que le titre me paraissait porteur de promesses alléchantes ! J'étais déjà sous le charme. Sans savoir que j'étais le seul à l'être.

La veille de l'émission, nous avions rendez-vous dans un studio pour enregistrer le play-back. Nous avons répété toute la matinée dans la chaleur du studio, un casque sur la tête. Cette situation commençait à être troublante. En la regardant travailler et s'appliquer dans le silence du studio, je me sentais fondre. J'admirais les lignes de son cou qui se tendaient sous l'effort et j'observais ses mains qui mimaient le texte de la chanson. Je n'avais pas du tout envie que cela s'arrête. J'en étais persuadé : j'étais tombé amoureux ! J'attendis la pause pour attaquer :

– On pourrait déjeuner ensemble, si tu es libre...

Elle refuse bien qu'elle ait tout son temps. Je vais déjeuner seul, déjà impatient de la revoir. Lorsque nous nous rejoignons au studio, je tente d'accrocher son regard. Ce que j'y déchiffre est complexe. Elle me sourit avec gentillesse comme à un bon camarade. Nos propos restent sur le registre badin et sans conséquence apparente. En revanche le langage du corps est moins hypocrite. Au début nous chantons le duo un peu crispés, en respectant entre nous une distance conventionnelle – trop artificielle. Le chorégraphe intervient :

– Vous n'êtes pas trop mal, mais vous devriez

vous rapprocher un peu plus. C'est un duo d'amour !

Flavie sourit, et, pour cacher mon embarras, je tente une boutade :

– D'accord, mais si ça continue, moi je ne réponds plus de rien ! Ça va mal se terminer, cette histoire !

Je jette un petit coup d'œil à Flavie qui ne bronche pas, mais qui a l'air de s'amuser. On se dit au revoir poliment. Flavie avait quelqu'un et moi j'étais marié. Pourtant je brûlais de la revoir.

La veille de l'émission, nous nous sommes retrouvés au studio pour la répétition générale. Je lui ai timidement proposé de la raccompagner et elle a accepté. J'étais excité à l'idée de la sentir à côté de moi, assise dans la Porsche que je venais de m'acheter. J'avais envie, ce soir-là, de conquérir l'univers. Ce que j'ignorais, c'est que Flavie est indifférente aux bagnoles ! Je ne disais rien. Aussi, pour me faire plaisir, me complimenta-t-elle sur ma superbe auto. J'éprouvais une irrépressible envie de lui en faire cadeau, ce qui m'était difficile, étant donné le niveau de notre relation ! Aussi trouvai-je malin de lui proposer de me l'acheter pour un prix ridicule. En fait la voiture était neuve, affichait à peine deux mille kilomètres au compteur, et je n'avais pas fini de la payer. C'était pure folie de la céder à ce prix ! Elle eut un petit sourire et refusa cette proposition aussi généreuse qu'insensée. Je la quittai en bas de chez elle, l'esprit en feu, mais rassuré de la revoir le lendemain pour l'émission. J'avais appris qu'elle assisterait à la soirée de lancement de TF6, une chaîne satellite financée à parts égales par TF1 et M6. Je comptais bien l'y retrouver.

C'est ce qui se produisit. Elle était arrivée avec Frédéric Joly, son partenaire du petit écran, et, m'apercevant en fin de soirée, elle me demanda si je pouvais la raccompagner. J'acceptai en me traitant *in petto* de tous les noms. J'avais laissé ma voiture au garage pour venir en scooter ! Je lui prends le bras, en lui annonçant piteusement à l'oreille que je suis obligé de l'emmener sur le siège arrière de mon deux-roues ! J'avais bien tort de me faire du souci. J'enlevai ma belle avec son plein consentement ! Elle grimpa sur le siège arrière, se colla à moi et nous nous sommes envolés dans les rues de Paris. Je sentais ses bras autour de ma taille, son corps épouser le mien, et j'étais heureux. Nous ne nous étions toujours rien dit. Arrivés en bas de son immeuble, elle est descendue du scooter, ses yeux brillaient, ses joues étaient fraîches de la course, elle a ramené ses cheveux derrière sa nuque. J'étais bouleversé. *Si j'enlève mon casque, je vais l'embrasser ! Je ne suis pas libre, elle non plus, et je ne veux pas d'une aventure sans lendemain. Elle mérite mieux !* Flavie a paru étonnée que je la salue avec mon casque intégral vissé sur la tête... Pendant le trajet de retour je me suis évidemment maudit. J'avais l'impression d'avoir tout faux. *Elle a dû se demander quel genre de type j'étais ! J'ai été incapable d'assurer, je me suis conduit comme le dernier des crétins !* Je rentrai chez moi anéanti, avec le sentiment d'avoir tout gâché.

Le lendemain je trouvai sur mon portable ce message : « Que tu me raccompagnes en Porsche ou en scooter, c'est toujours aussi agréable... » Je sautai au ciel, j'écoutai dix fois sa voix. Cette fois, j'en étais certain, j'étais amoureux fou !

J'appelai aussitôt Flavie pour l'inviter à déjeuner chez Asian, avenue George-V. Je choisis une table discrète dans un coin. Elle vint me chercher en bas d'Europe 1 dans sa vieille Polo. Elle avait trois quarts d'heure de retard et j'eus le temps de me torturer sur la conduite à tenir. *Ce n'est quand même pas la première fois que tu as rendez-vous avec une fille. T'es dingue de te mettre dans des états pareils ! Qu'est-ce qu'elle va penser de toi ? Elle attend que tu te conduises en homme. Reprends-toi, calme-toi, explique-toi. Ce n'est pas de ta faute si tu es tombé raide dingue d'elle... Si elle ne veut pas de toi, ce n'est pas dramatique... Si : c'est dramatique ! Je suis certain que c'est la femme de ma vie !* Elle est ravissante. Alors que nous traversons le restaurant, je ne vois qu'elle. Elle s'assoit très à l'aise.

– Je suis désolée de t'avoir fait attendre...

– Je suis tellement content que tu aies pu te libérer.

Elle attrape le menu, l'étudie en fronçant le nez. Je tente aussi de me concentrer sur la carte, que je connais par cœur, et j'en profite pour la regarder à la dérobée. Elle papote, me demande mon avis, je réponds machinalement. Tout semble banal alors que je me casse la tête pour trouver la bonne manière de me déclarer. Nous passons commande et continuons à parler comme les meilleurs amis du monde. *Je ne vais pas réussir à lui parler, je n'arrive pas à me décider.* J'ai la gorge sèche et je m'enfile à la chaîne des tasses de thé. Flavie ne se démonte pas et poursuit une conversation d'usage. Soudain, tout en jouant avec ses baguettes sur lesquelles pendouille un morceau de thon cru, elle se penche vers moi et me lance :

– À part ça, comment va ta vie en ce moment ?

– Tout irait bien si je n'étais pas tombé amoureux de toi !

*Ça y est, je l'ai dit !* Je la regarde en souriant timidement. C'est son tour de rester bouche bée, son morceau de thon suspendu au-dessus de son assiette. Il va rester en lévitation une bonne heure, pendant laquelle je lui déclare mes sentiments et lui expose ma situation familiale. Je me libère d'un seul coup. Elle m'écoute en silence. Malgré l'angoisse au ventre, j'essaie d'être sincère et franc, tout en sachant que je suis en train de passer l'examen de ma vie ! Elle se décide enfin à avaler sa bouchée de thon. J'attends une réaction. J'espère l'avoir un peu ébranlée. Le doute m'envahit. *Elle ne s'attendait pas à une déclaration en règle. Peut-être à quelque chose de plus soft : une drague légère, un début de flirt...* En vérité, elle est abasourdie, et cherche un moyen de repousser mes avances sans me blesser.

– Arrête, Benjamin ! Qu'est-ce que tu me fais là ?

Qu'es-tu en train de me dire ? Tu vas tout gâcher entre nous !

Je comprends qu'elle veut se donner le temps de la réflexion, qu'elle a été surprise par la brutalité de ma déclaration. Je ne peux pourtant plus reculer, sinon c'est perdu.

– Je vais peut-être tout gâcher, mais la situation est devenue invivable pour moi. C'est comme ça : je suis tombé amoureux et je ne peux pas lutter contre. Maintenant, je suis entre tes mains !

Je l'invite à faire quelques pas sur les Champs-Élysées. Elle va rester tout l'après-midi avec moi. Il y a quelque chose qui ne trompe pas dans un couple qui s'appareille, c'est d'abord dans la manière dont les pas s'accordent ; puis, dans l'harmonie du balancement des corps qui ne se connaissent pas encore. Elle marche à mes côtés tandis que, fou de joie, je voudrais que cela ne cesse jamais. On se parle peu, si ce n'est pour se dire des choses futiles ou rire d'une remarque. J'ai le sentiment d'être en suspens : Flavie ne fait aucune allusion, mais la savoir à mes côtés entretient mes illusions. J'ai l'impression qu'à la veille de décisions graves, qui vont affecter nos vies, nous grappillons quelques minutes d'insouciance. Rien n'a été dit, rien n'a été fait : nous sommes encore intacts, à l'abri de toute culpabilité, de tout déchirement, de toute interrogation. Je n'ai qu'une seule certitude : si quelque chose démarre entre nous, cela va tout emporter ! Elle regarde sa montre, il est dix-huit heures, elle me quitte en courant. Je résiste quelques minutes avant de l'appeler.

– Tu es libre à dîner ?

– Oui.

– Je passe te chercher.

Nous avons rendez-vous au Fleury's, un boui-boui, avenue de Versailles, où l'on ne risque pas d'être vus ensemble. On dîne joyeusement, je ne touche pas mon assiette, je la dévore des yeux. Je raconte n'importe quoi, elle aussi. Pourtant, quelquefois je surprends son regard posé sur moi, profond et grave. Je tente en plaisantant d'abréger ces moments d'examen que je redoute par-dessus tout. Elle me jauge et je me sens désemparé. Je ne peux que lui dire :

– Je lis ta souffrance. Je vois tous les bleus que tu as sur le corps. Mais moi, je sais comment te prendre dans mes bras sans te faire de mal.

Lorsque je la raccompagne chez elle, je ne sais plus quoi faire ni quoi penser. Après la phase d'exaltation qui a suivi ma déclaration, je me sens indécis. *Elle ne m'a rien dit, rien promis, rien laissé espérer ! Mais que pense-t-elle ? Partage-t-elle mes sentiments ? Elle ne semble pas indifférente, mais n'est-elle pas juste amusée de mes assiduités ?* Ce rôle d'amoureux paralytique commence à m'agacer. Je déteste être ainsi, incapable d'une pensée cohérente.

– Tu veux monter voir mon appartement ?

Les femmes sont inattendues. J'accepte en masquant mon enthousiasme. Elle habite avec son petit garçon, dans un joli appartement. Je la félicite sans véritablement le regarder. Je prends place dans le canapé, elle s'assoit à mon côté, m'offre une coupe de champagne. Je bois une gorgée, je pose le verre et je l'enlace, savourant cette situation, en pensant que je m'en souviendrai toute ma vie. Nous passons un doux moment, dans les bras l'un de l'autre. Je ne souhaite pas aller plus loin. Je sais que nous serons amants, mais aujourd'hui les circonstances ne sont guère favorables. Nous sommes à la veille de Noël et nous avons chacun des obligations familiales. De mon côté, je dois partir en Bretagne, en cure de remise en forme. Quant à Flavie, elle passe les fêtes de Noël à la campagne chez des amis.

En fait, je passerai un réveillon « zombiaque » entre mes enfants surexcités, et ma mère qui s'était mise en quatre et qui, en bonne mère juive, s'inquiétait :

– Tu ne manges rien, ce n'est pas bon ou tu es malade ? C'est agréable de t'inviter : tu ne touches pas à ton assiette, et tu ne dis rien !

Je meurs d'envie de l'envoyer au diable, mais je me sens coupable.

– Non, tout va bien, je te remercie de ton *aimable* invitation, ça me fait vraiment plaisir d'être là !

Personne n'en croit un mot. Il n'y a qu'à voir la tête que je fais. Le matin de Noël, je me lève tôt pour aller chercher des croissants. Un prétexte pour appeler Flavie tranquillement. Je lui annonce que je pars le lendemain à Quiberon pour une thalassothérapie. Que cette perspective me fait horreur et que je n'ai qu'une idée en tête : la retrouver. Chaque jour, je réserve une place sur les quatre avions qui font la ligne Lorient-Paris, sans me décider à sauter le pas. J'arrive à Quiberon le 26. Ma femme commence à se douter que quelque chose ne tourne pas rond. Elle me questionne, mais je refuse de lui parler. Je passe mon temps dans la cabine d'UV pour appeler Flavie depuis mon portable que je cache dans mon peignoir. Nos rapports téléphoniques deviennent tendus : nous ne pouvons pas continuer ainsi. Je suis toujours déterminé, mais j'ai peur de précipiter les choses. J'attends qu'elles se dénouent seules ou qu'un événement décide à ma place. C'est mon cinquième coup de téléphone de la journée : Flavie est exaspérée.

– Écoute-moi, Benjamin, cette histoire devient glauque. De toute façon, il ne s'est rien passé entre nous : on s'arrête là ! Ce n'est pas grave, on s'est fait plaisir, on a joué aux adolescents transis pendant quelques jours, c'était merveilleux, mais maintenant il faut atterrir. C'était un coup de chaud, ce n'est pas la peine d'aller plus loin !

– Non seulement on va aller plus loin, mais je viens te chercher immédiatement !

Je crois qu'elle s'attendait à cette réaction, mais qu'elle n'avait pas du tout l'intention de me simplifier la tâche. En fait, elle avait peur de s'embarquer dans cette histoire et voulait préalablement tester ma détermination.

– Je rentre à Paris demain.

– À demain, je t'aime.

On était le 29 décembre et, ce matin-là, il faisait grand bleu sur Quiberon. Je me suis levé à sept heures en sifflotant. Je suis descendu prendre un copieux petit déjeuner. J'avais une faim de loup car, depuis huit jours, je n'avais rien pu avaler. Tout y est passé : jus de fruit, céréales, œufs brouillés, bacon, viennoiseries, crème fouettée aux myrtilles, tartines de pain beurrées trempées dans mon café. Repu, je suis remonté dans ma chambre, où j'ai commencé à faire mes valises. Et je suis parti. Dans l'avion, le commandant de bord m'a invité à voyager dans le cockpit, la France brillait sous un beau soleil d'hiver. J'allais rejoindre la femme que j'aimais, rien ni personne n'aurait pu me retenir. Lorsque nous avons atterri à Orly, j'ai pensé : *Paris, me voilà ! Flavie, me voilà !* Et je suis allé la rejoindre dans son appartement. La suite, nous la gardons pour nous.

Je voulais l'enlever. Nous sommes partis réveillonner et fêter le nouvel an à la Ferme Saint-Siméon. J'avais emporté le menu et nous l'avons lu dans la voiture, il était interminable : ... cailles au foie gras ; encornets en gelée de machin ; filet chateaubriand... Flavie me regardait en riant commenter ce menu.

– On ne réussira jamais à manger tout ça !

– J'ai une faim d'ogre. Cela fait trois semaines que je meurs d'amour et d'inanition : il faut que je me rattrape !

– Tu ne te meurs plus d'amour, maintenant ?

– Non ! Tu m'as ressuscité !

Nous avons passé trois jours formidables, seuls au monde. Mais les vacances ont une fin, et il nous fallait rentrer à Paris affronter les problèmes que notre décision suscitait. Il n'était pas question pour moi de la quitter, même provisoirement, pour rentrer chez moi.

Je l'avais prévenue : « Je débarque chez toi avec deux fils et deux sacs. » Elle doutait de ma détermination et, bien qu'elle ne m'en eût jamais parlé, pensait que j'irais rejoindre ma famille. J'ai déposé mes valises chez elle, et je n'en suis jamais reparti ! Après, il a fallu s'organiser. J'avais deux enfants et je voulais qu'ils souffrent le moins possible de cette séparation. Ma décision était sans appel. J'avais vingt-neuf ans, et remettais ma vie à plat. Je vivais ces moments avec exaltation, conscient que je faisais souffrir des êtres qui m'étaient proches. Je passais pour un monstre. J'étais bon à jeter aux chiens. Je me lançai dans l'organisation de ma nouvelle vie pour ne pas entendre leurs aboiements.

Mon premier objectif fut de nous trouver un appartement plus grand que l'atelier d'artiste qu'occupait Flavie. Je dénichai rue Alphonse-XIII de quoi nous construire un nid suffisamment grand pour y loger nos vies : une chambre pour Antoine, le fils de Flavie, une chambre pour mes fils lorsqu'ils viendraient passer le week-end, et suffisamment d'espace pour que tout ce petit monde respire tranquillement. J'avais pu parler à mon fils Julien et le rassurer sur la situation. Je tenais à ce qu'il sache que je l'aimais toujours et qu'il viendrait me voir souvent, qu'il aurait une deuxième maison... toutes ces paroles attentionnées qu'on confie aux enfants pour minimiser la casse afin qu'ils acceptent le changement aussi bien que possible, c'est-à-dire mal. « Et qui va me préparer mes œufs brouillés le matin ? » rétorqua Julien du haut de ses quatre ans ! Mon autre fils n'ayant que neuf mois, j'échappai aux explications douloureuses. Ce fut un déchirement terrible.

Au début, ni Flavie ni moi ne mesurions les conséquences qu'allait provoquer notre relation dans le PAF (paysage audiovisuel français). Après tout je n'étais qu'un chroniqueur de télévision, quant à Flavie, elle débutait comme présentatrice. Nous n'étions pas préparés à la vague médiatique qui allait nous submerger. Nous évitions de nous afficher ensemble dans les lieux publics, néanmoins l'information avait rapidement circulé dans le petit monde du QBQ (qui baise qui ?). La nouvelle ne pouvait échapper aux paparazzis. Ils nous ont traqués dans les restaurants, les rues, le hall de notre immeuble... Souvent ouvertement, parfois discrètement. Les photos parurent dans *Voici*, *Gala* et autres journaux *people*. L'affaire était désormais publique. Flavie et moi vivions un tel bonheur, loin de toute cette agitation, que nous n'avons pas eu l'idée de nous cacher. Alors que nous sortions assez peu, nous avons décidé, un soir, d'aller ensemble à la première de *Roméo et Juliette.* Nous avons pris nos billets pour emprunter l'entrée du public. Ce que nous n'avions pas prévu, c'est la ruée des journalistes et des photographes à notre arrivée ! Ce fut apocalyptique ! Notre couple excitait l'acharnement des photographes et la verve journalistique. Le parallèle avec les amants de Vérone tombait à point pour les légendes photo. Nous leur servions là un sujet sur un plateau d'argent. Les articles prenaient des proportions qui dépassaient l'importance de nos petites personnes. La comparaison entre Montand et Simone ne tarda pas. Tout ce chambardement médiatique nous gênait plus qu'il ne nous flattait. Nous étions devenus le nouveau couple cathodique et donc une cible idéale pour les méchancetés et les calomnies. Ce fut un miracle si nous pûmes nous en sortir sans dommages.

Le coup de foudre que nous avions éprouvé l'un pour l'autre avait besoin de se concrétiser en une liaison durable et forte. Pour convaincre ma belle, je devais lui témoigner ma détermination. Je m'y employais, ne renâclant devant aucune rebuffade ni aucun obstacle. Il me fallait toujours conquérir Flavie et ce n'était pas une mince affaire ! Il y fallut huit mois de vie commune, où elle fut plus d'une fois sur le point de rompre. Le miracle se produisit au cours d'un voyage en Polynésie. Un matin, Flavie se réveilla sereine. Elle me le dit et me le prouva. À cet instant, je sus que c'était gagné ! J'avais tenu la promesse que je lui avais faite au début de notre histoire : « Je vais t'aider à marcher droit ! »

Je me demande comment Flavie va réagir à la lecture de ces lignes. Comment, de son côté, a-t-elle vécu le début de notre histoire ? Certainement différemment. Encore que le propre du coup de foudre reste un mystère pour les amants. Regards, mots, intonations, attitudes deviennent un langage qu'ils sont les seuls à déchiffrer.

Et ça, c'est notre belle histoire d'amour !

# 11

Entreprendre, c'était ça mon truc. En fait, j'aurais aimé non seulement être un brillant chef d'entreprise mais surtout construire avec mon nom une puissance économique. Je ne connaissais pas les demi-mesures. Je n'ai eu de cesse, enfant, de me demander comment je pourrais un jour mener la vie de mes grands-parents, et me faire appeler « Monsieur Castaldi ». Rien ne m'aurait fait plus plaisir. Quel bonheur d'arriver à un rendez-vous et d'entendre : « Monsieur Untel est là ! » Je l'avais si souvent vécu dans mon enfance avec Montand. Et du « Monsieur Montand » long comme le bras, « Monsieur Montand » par-ci, « Monsieur Montand » par-là. Je trouvais ça fantastique ! Stupides fantasmes d'adolescent...

Si je bénéficie aujourd'hui de quelque notoriété, pour en arriver là, il m'a fallu emprunter de nombreux chemins de traverse, me fourvoyer dans des impasses et franchir des obstacles. Ce qui m'a sauvé la vie c'est la télé, où je suis devenu un autre. Parce que c'est là où j'ai appris à construire. C'est vrai, j'ai eu la folie des grandeurs mais j'ai payé ma dette. J'ai longtemps cru que j'étais incapable de présenter une émission en *prime time*. Puis, quand j'ai pensé être en mesure de franchir le pas, cela n'a pas été simple. J'en ai sérieusement bavé. Dans ma folie cependant, je n'ai jamais brûlé les étapes et j'ai toujours travaillé comme un fou. Mon père y a veillé et m'a sagement conseillé. Le gros du travail a consisté à masquer mes difficultés d'élocution pour donner l'impression que j'étais à l'aise, que j'improvisais aisément devant la caméra, alors qu'en fait j'étais tétanisé par le trac. Je suis à l'opposé de l'exhibitionnisme de notre métier car, au fond, je suis un vrai timide. Il m'a fallu cinq ans de métier pour ne plus me sentir en danger et acquérir une certaine fluidité. Mes prestations sur TF1 dans « Célébrités » y ont largement contribué. Lors d'un rendez-vous avec Xavier Bodin-Hulin, directeur des magazines, je lui ai confié mon intention d'arrêter ce *people*. L'émission se terminait fin juin et mon contrat expirait fin février de l'année suivante. Aujourd'hui encore, je me souviens mot pour mot de notre entrevue :

– Vous n'avez rien pour moi en février, mais avez-vous l'intention de me proposer autre chose ?

– Écoute, Benji, si quelque chose se présente, je penserai à toi, bien entendu.

– TF1 pourrait reprendre le contrat que j'ai avec

Jean-Louis Remilleux. Ce serait un premier pas pour afficher votre volonté de me garder.

– Oui, c'est une bonne idée. Nous allons l'étudier. On va se revoir.

Je le revis une deuxième fois puis une troisième, sans que rien ne bouge. J'étais dos au mur. Les perspectives sur les autres chaînes n'étaient pas très excitantes : France 2 avait son compte d'animateurs et de présentateurs ; France 3 n'avait pas de place ; je n'intéressais pas Canal + ; quant à La Cinq, elle ne faisait pas dans les variétés. Il ne restait que M6.

Le 28 décembre, je reçus un coup de téléphone sibyllin de Thomas Valentin, directeur des programmes de M6, qui me proposait de nous voir. Rien de concret, juste une prise de contact. J'avais également quelques pistes avec des producteurs, notamment Stéphane Courbit et le Groupe Expand. Ils me firent des propositions qui ne m'enthousiasmèrent pas. Je tenais à changer de style, à donner une nouvelle couleur à ma carrière. J'avoue aussi que je souhaitais bluffer ma belle. Flavie triomphait sur TF1 dans sa nouvelle émission, produite par Delarue, « Stars à domicile », et présentait son premier *prime time*, « Le Web fait son show ». Son succès était tel que je me sentais un peu à la traîne. *Benji, il faut que tu te bouges. Dans un couple, l'admiration doit être réciproque. Surtout dans notre bizness !*

Et ça va bouger !

Quelques jours plus tard, lors d'une soirée où l'on remettait un disque de diamant à Hélène Ségara, je rencontre Alexis de Gemini, le responsable des divertissements sur M6. Dès qu'il m'aperçoit, il me prend en aparté avec des mines de conspirateur.

– Benjamin, je suis content de te voir, il faut absolument qu'on se parle. Je suis chargé maintenant des émissions de « télé-réalité » sur M6...

– Vous allez lancer une émission de « téléréalité » en France ?

– Je préfère ne pas en parler publiquement pour le moment. Mais on a quelque chose pour toi. Je t'écoute sur Europe 1 et je sens que tu vaux beaucoup mieux que ce que tu fais actuellement à la télé...

– Tu peux m'en dire un peu plus...

– D'accord, mais reste discret. Cela va s'appeler « Loft Story ». On voudrait que tu présentes l'émission. Thomas Valentin est du même avis, je crois qu'il t'a déjà téléphoné.

– C'est quoi, le principe de l'émission ?

– Le concept est le suivant : on enferme des gens pendant plusieurs semaines dans un loft avec des caméras partout et on suit leurs vies. On les élimine au fur et à mesure, et au bout de deux mois, le couple qui reste a gagné. Voilà, c'est inspiré d'une émission étrangère qui cartonne dans tous les pays : « Big Brother ».

– C'est une idée de dingue ! Mais cela me semble intéressant. Vous prévoyez ça pour bientôt ?

– Oui, on finalise le concept, j'ai une équipe qui travaille là-dessus, et je serais vraiment content que tu nous rejoignes. C'est un truc pour toi.

– J'attends votre coup de fil.

Lorsque je raconte l'histoire à Flavie, elle tente aussitôt de me dissuader de tenter l'aventure en me dressant un tableau apocalyptique de la vie à M6.

– Ne t'embarque pas dans cette chaîne, j'ai déjà donné avec « Unisexe » ! Ça s'est mal passé et je sais de quoi je parle. C'est difficile d'y faire son trou.

– C'est possible, mais le nouveau concept de l'émission me plaît.

– Je ne suis pas d'accord avec toi ! Qu'est-ce que c'est que ce concept ! Enfermer des gens dans un loft avec des caméras, c'est du voyeurisme ! J'ai déjà entendu parler de ce type d'émission à l'étranger, c'est franchement glauque.

– Il paraît qu'ils ont pulvérisé les audiences avec leur « Big Brother ». Pour le moment je n'ai pas de boulot, et c'est un pari intéressant à relever.

– Attends de voir si TF1 te propose quelque chose. Ne fais pas la bêtise de Delperrier !

Quelques mois auparavant, Alexandre Delperrier avait quitté TF1 pour animer une nouvelle émission sur M6 : « Mission un million ». Ce jeu, qui devait être une émission phare de la chaîne, est resté trois semaines à l'antenne, et Delperrier a coulé avec, corps et biens ! Sur ce point, j'étais d'accord avec Flavie : je ne devais pas me laisser enfermer dans le syndrome Delperrier, au risque de me griller dans le métier.

Malgré les conseils de Flavie qui tenait toujours à me faire renoncer, je décide d'aller voir l'équipe de M6. Je retrouve Alexis de Gemini au Café Mode. Il m'en dit un peu plus sur « Loft Story », et m'annonce qu'ils ont acheté le concept. Maintenant ce n'est plus qu'une affaire de programmation. M6 est en train d'adapter « Big Brother » au goût français et tente de ne pas s'attirer les foudres du CSA. D'autant que la *real TV* n'a pas bonne presse. On a tendance à confondre la *trush TV* et la *real TV*.

Lorsque, le vendredi suivant, j'assiste à une réunion secrète dans les locaux de M6, j'ai envie de fuir au galop. L'équipe de Gemini me fait visionner des extraits de l'émission « Big Brother » diffusée dans les différents pays européens. En découvrant tous les protagonistes bodybuildés et huilés, j'ai froid dans le dos. À cet instant, j'avoue avoir pensé que ce programme était de la merde et que je serais fou d'y participer. Mais l'équipe m'assure que si on m'a diffusé ces extraits, c'est pour me présenter ce qu'il ne fallait surtout pas faire ! À les entendre, le Loft sera plus sobre, et les candidats auront des profils bien plus sympathiques. Je tente de convaincre Flavie en lui faisant part des aménagements à venir, mais elle demeure très remontée contre l'émission.

Le dernier week-end de février, a traditionnellement lieu le festival de la télévision à Monte-Carlo. Flavie et moi décidons de nous rendre à cette manifestation afin d'y rencontrer la profession. Et là, patatras, nous tombons sur une projection professionnelle de « Big Brother » version allemande ! Un programme épouvantable, le comble de la vulgarité dans un décor minable, mal éclairé, sale, avec des candidats qui passent leur temps à se tripoter sous prétexte de massage. Tout est filmé en gros plan : zoom sur des doigts huileux qui malaxent des chairs plus ou moins nettes pendant d'interminables séquences. Je suis écœuré par le spectacle. *Ce n'est pas possible, je ne pourrai jamais présenter une émission pareille !* Flavie ne dit rien, mais son attitude traduit sa pensée : « Je te l'avais bien dit ! » Malgré tout, les discussions avec M6 avancent et, au fur et à mesure, la chaîne me dévoile ses intentions pour le Loft. Je juge le concept vraiment original et ne peux m'empêcher de m'y intéresser. Cependant je reste moralement lié à TF1 et j'hésite à sauter le pas. Indécis, en dépit de réunions avec Alexis de Gemini et Thomas Valentin, je retiens ma signature. J'ai été clair avec ce dernier.

– Je ne quitterai pas TF1 tant que je n'aurai pas vu Étienne Mougeotte dans son bureau, et que je ne lui aurai pas dit en face pourquoi je pars !

– Si tu fais ça sans avoir signé avec nous, Mougeotte va te retourner comme une crêpe. Il va te promettre tout l'argent que tu veux...

– Je n'ai qu'une parole. Je vais signer avec vous, mais avant je veux parler à Mougeotte !

En réalité, je voulais juste faire monter la sauce à TF1, leur mettre la pression pour m'assurer de leur intention à mon égard. Je savais aussi qu'il existait un accord tacite entre TF1 et M6 pour ne pas débaucher les animateurs. Je souhaitais un « transfert » en règle car le risque que les grands pontes des deux chaînes s'accordent au nom de leurs règles d'honneur était bien réel. Je n'avais pas envie de me retrouver tricard d'un côté comme de l'autre ! Néanmoins TF1 ne bougea pas, malgré l'intervention de Stéphane Courbit qui les informa de mon prochain départ : « Si vous ne faites pas rapidement une proposition à Castaldi, il va filer sur M6 pour présenter le Loft. Je suis certain que cela va marcher pour lui et vous l'aurez perdu ! » Quant à moi, j'étais nerveux car je subissais les pressions de M6. Pour une fois, je mesurais la chance qui m'était offerte. Réaliser un *prime time* en direct pendant huit semaines n'était pas une offre facile à refuser. Je savais aussi que d'autres animateurs avaient été contactés, dont Patrick Sabatier. Certains avaient décliné l'offre, d'autres avaient été écartés. M6 avait finalement fait son choix en me sélectionnant. Il m'était difficile de les faire indéfiniment lanterner...

Je décide de prendre rendez-vous avec Guillaume de Vergès, directeur des programmes de TF1, pour lui exposer mon dilemme. Il se fait rassurant et m'assure qu'il en parlera rapidement à Étienne Mougeotte. Les jours passent et ma date de fin de contrat, le 29 février, approche dangereusement. Le 1er mars, n'ayant aucune nouvelle, je me risque à appeler Mougeotte. Son assistante me donne rendez-vous pour le lendemain. Aussitôt j'appelle M6 pour leur communiquer la bonne nouvelle : « J'ai rendez-vous demain à dix-huit heures avec Étienne, si vous êtes toujours d'accord, je viens signer mon contrat à vingt heures ! » J'étais d'autant plus déterminé que, le week-end précédent, j'avais appelé Michel Drucker pour avoir son sentiment :

– Michel, M6 me propose d'animer leur nouvelle émission, le Loft. Qu'en penses-tu ? Est-ce que je dois y aller ?

– Écoute, ne bouge pas pour le moment. Donne-moi quarante-huit heures : je me renseigne et je te rappelle dimanche.

Comme à son habitude, Michel a traité le dossier professionnellement. Il fit venir des coupures de presse sur l'émission à l'étranger, appela son frère, patron de M6, glana des informations à droite et à gauche, soupesa le pour et le contre et me rappela ponctuellement le dimanche pour m'annoncer joyeusement : « Tu fonces ! »

Le lendemain arrive, mais dans l'après-midi, l'assistante de Mougeotte me fait savoir qu'il ne pourra « malheureusement » pas me recevoir comme convenu. Après avoir consulté son agenda, elle m'annonce qu'il ne pourra pas m'accorder un entretien avant trois semaines ! Je confie à Flavie mon intuition : Étienne est en train de me faire une entourloupe. Il joue la montre et, si je laisse faire, je vais perdre la partie ! Je dois bouger. Ce que je fais aussitôt en fixant la signature avec M6.

Je me rends au siège de M6 où je rencontre pour la première fois Nicolas de Tavernost, le directeur général. Il fait mine de ne pas savoir qui je suis. Il m'appelle « Monsieur Cécaldi » et ajoute :

– Je ne suis pas au courant de ce transfert : vous avez traité directement avec Thomas Valentin. Moi, je ne veux pas d'histoires avec TF1, je ne veux rien savoir de vos transactions !

C'est vexant mais, d'un autre côté, je me félicite d'avoir pris ma décision. Si je ne l'avais pas fait, Mougeotte et Tavernost se seraient sûrement entendus pour trouver quelqu'un d'autre. À peine ai-je signé que je reçois un coup de fil du secrétariat de Mougeotte : « Nous vous présentons toutes nos excuses, il y a eu une malencontreuse confusion. Votre rendez-vous est confirmé : Étienne Mougeotte vous recevra ce soir à dix-huit heures, comme convenu ! »

J'ai beau me dire que je n'ai rien à me reprocher, que je me suis conduit correctement, je suis livide en empruntant l'ascenseur de La Tour de Verre, l'immeuble de TF1. On me fait entrer chez Mougeotte, qui m'attend debout devant un immense mur kaléidoscopique d'écrans de télévision. Il me fait asseoir, croise les mains devant son visage.

– On ne va pas y aller par quatre chemins : est-ce que je peux encore faire quelque chose ou bien est-ce trop tard ?

– Étienne, c'est trop tard...

– Dommage. Je comptais te proposer des trucs. J'avais pensé à toi pour « Défense d'entrer ».

– Malheureusement c'est fini, j'ai signé avec M6.

– Je comprends !

– J'ai tenté de vous voir avant de signer. Hier votre bureau a annulé notre rendez-vous pour le reporter dans trois semaines. M6 me demandait une réponse, alors j'ai signé ce matin.

– Un malentendu...

– J'ai cru qu'il y avait un problème. Je suis désolé, je tenais pourtant à vous voir avant, mais les choses se sont mal goupillées !

– Je sais que tu as tenté de me rencontrer. Je ne t'en veux pas et je te souhaite sincèrement de réussir.

Il ne devinait pas à quel point le Loft serait un succès. Il s'est levé, puis m'a embrassé. J'ai ajouté :

– Étienne, la route est longue et il est fort probable que nos chemins se croisent encore.

Il a souri malicieusement.

– Je ne te demande qu'une chose : ne pas nous piquer Flavie !

– Vous le savez, Flavie fait ce qu'elle veut !

Dans l'ascenseur j'étais agacé du malentendu mais soulagé : je venais de tourner une page de ma vie professionnelle. J'appelai M6 pour leur faire part de mon entretien avec Mougeotte.

– Maintenant, on va pouvoir se mettre sérieusement au travail !

Les préparatifs de l'émission ont bien avancé. La première est prévue dans un mois et je commence à me familiariser avec le concept et les locaux. À La Plaine-Saint-Denis, on construit les décors du Loft et les bâtiments qui abriteront la production. C'est un vaste chantier où l'on discerne mal la finalité de tous ces aménagements. Pour la première fois en France, un groupe de personne va être filmé vingt-quatre heures sur vingt-quatre dans un environnement clos. Depuis six mois que le programme est en gestation, le secret a été bien gardé et le casting a été exécuté discrètement. La presse télé a publié quelques papiers sur le sujet mais, dans l'ensemble, l'annonce de cette première télé-réalité se déroule dans l'indifférence médiatique. À tel point que, quelques jours avant l'émission, j'assiste à une réunion avec Arthur et Stéphane, les producteurs, qui s'inquiètent de ce désintérêt. C'est d'autant plus déconcertant que, dans les autres pays, la polémique a démarré bien avant le début des diffusions.

De mon côté, je m'entraîne à travailler avec un prompteur, ce que je n'avais jamais fait auparavant. Je prépare soigneusement mon texte de présentation car nous serons en direct, et je soigne mes apparitions avec autant d'attention que lorsque je préparais mes premières chroniques chez Drucker. Le travail au prompteur est particulier. En aucun cas le téléspectateur ne doit deviner que l'animateur lit un texte préparé. Aujourd'hui, tous les animateurs et les présentateurs des journaux télévisés préfèrent la sécurité du prompteur aux dangers de l'improvisation en direct, moi y compris ! Pourtant, le prompteur a le défaut de ses qualités : il ne peut anticiper les réactions du public. C'est ce qui est arrivé à la première de l'émission. Le public du studio ne s'attendait absolument pas au spectacle préparé. D'autant que le Loft ne ressemblait en rien aux spectacles habituels : pas d'artistes connus ; pas de numéros spécifiques ; pas de talk-show ; pas de variétés... uniquement des scènes de la vie quotidienne à découvrir ! Si bien que, lors de la première émission, à l'envoi du générique, voici ce qui se passe :

– 4, 3, 2, 1, antenne ! Top à toi...

– Bonsoir à tous, bienvenue au Loft...

Et là, silence de mort. Habituellement, dans toutes les émissions, un tonnerre d'applaudissements suit l'introduction de l'animateur, laissant place aux divertissements proposés. Pour l'heure, notre public n'est qu'un spectateur qui attend la suite pour réagir. Je sens des sueurs froides dans le dos : *ça commence bien !* Je souris et je me lance dans un interminable monologue sous l'œil de la caméra. La salle est glaciale. J'entends au loin une exclamation :

– Vas-y, coco, montre-nous ton programme.

Il faut faire vite, nous sommes en direct, je jette un œil au timing et je me lance :

– Vous allez vivre un événement sans précédent dans l'histoire de la télévision...

Ce souvenir est si fort pour moi qu'aujourd'hui

encore je crois être capable de réciter mon texte d'introduction.

Cette première émission réalise une bonne audience pour M6 : 27 % de parts de marché. C'est encourageant mais il faut bien avouer que ce n'était pas le coup du siècle ! Longtemps je me suis demandé ce qui avait bien pu faire basculer l'émission. Serait-ce la fameuse phrase de Kenza : « Qui c'est qu'a pété ? » Les ados ont adoré. C'est possible. Une chose est sûre : ce sont les adolescents qui ont lancé le Loft. Le lendemain dans les cours de récré, on ne parlait plus que du Loft. Tous y trouvaient un langage commun, des styles de vie similaires, des codes familiers. Je crois que c'est cette proximité qui a séduit notre jeune public. Les parents ont commencé à s'y intéresser pour s'en offenser ou s'en amuser. Surtout, il y a eu l'épisode de la piscine Loana-Jean-Édouard. De la pure folie ! La presse s'en est emparée et l'audience s'est envolée. Puis on a parlé de phénomène de société quand *Le Nouvel Obs* a fait sa couverture sur le sujet. Ils s'en sont pris violemment à l'émission en la qualifiant de « télé-poubelle » ! Coupé volontairement des médias, j'appris la nouvelle par mon assistante qui, un matin, me lança : « Loana et Jean-Édouard, ils ont baisé ! » Les producteurs et l'équipe de production avaient été pris de court. D'autant qu'il avait été prévu que ce type d'image ne passerait pas aux heures de grande écoute. En réalité, l'émission avait été piratée et les images diffusées sur le Net.

Sur la Toile, on pouvait se procurer toutes les photos floues et pas vraiment explicites. Mais qu'importe : c'était la magie du Loft, l'histoire des lofteurs devenait une *star story* !

Le succès de l'émission et ses conséquences nous échappaient. Il a fallu surfer sur un événement auquel personne n'était préparé. Des micro-rebondissements relançaient chaque jour l'intérêt de ce qu'il fallait bien nommer des « fans » ou des « accros » du Loft. Les parts de marché pulvérisaient les prévisions les plus optimistes au fur et à mesure que M6 grimpait à 40, 50, 55 et même 60 % d'écoute. La concurrence était amère. On se déchaînait contre le Loft : presse écrite, chaînes de télévision qui criaient au scandale – et qui se sont empressées d'en faire plus tard de pâles copies –, radios, dîners en ville... On ne parlait plus que de ça.

Quant à moi, dès le début j'avais été confronté à un problème « domestique ». Flavie, qui animait à la même heure sa quotidienne sur TF1, m'avait gentiment prédit : « Mon pauvre garçon, tu es foutu ! » En fait, ses audiences qui étaient à 43 % chutèrent en trois jours à 7 % ! Elle supporta vaillamment l'épreuve, partagée entre la déception de voir son écoute s'écrouler et la fierté de ma réussite. Néanmoins, notre vie privée devenait invivable. Nous étions traqués nuit et jour par les paparazzis. Lorsque nous promenions nos enfants au Ranelagh, c'était au milieu d'un rodéo de photographes en scooter. Il y eut des dérapages dans la presse, des articles violents où j'étais comparé à un Kapo de camp de concentration. Je recevais des lettres d'injures, des menaces de mort, des paquets avec des préservatifs et des serviettes hygiéniques usagés, des petits cercueils avec ces mots : « On va te buter ! »

Le jour où j'ai été entarté, j'ai eu vraiment peur. En ouvrant ma porte, j'ai cru que l'on voulait me frapper avec une barre à mine ! La chaîne prit au sérieux ces menaces et décida d'engager des gardes du corps pour assurer ma protection. La production décida de m'interdire de lire la presse et me conseilla de ne plus me montrer en public jusqu'à la fin de l'émission. Aujourd'hui encore, on ne mesure pas combien d'encre et de salive a fait couler le Loft. Il suffit de se pencher sur le dossier de presse, près de deux mètres de haut, pour s'en rendre compte. Je n'aurai pas la cruauté de rappeler les formules définitives ; les analyses psychologiques ; les jugements d'experts et les prévisions catastrophiques qui ont émaillé ces cinq semaines de Loft. Tout cela paraît maintenant bien ridicule et doit être mis sur le compte de l'exaltation fiévreuse. Protégé par les gardes du corps et par Flavie qui construisirent un mur entre moi et le reste du monde, je suis parvenu à surmonter les moments cruels de la vindicte médiatique.

Je quittais mon appartement pour me rendre directement à Europe 1 où je préparais mon interview de quinze heures trente. Je n'écoutais aucun bulletin d'informations, je ne regardais pas la presse. À seize heures trente, après l'émission, je sautais directement dans une voiture qui m'emmenait à La Plaine-Saint-Denis. Je revoyais mes textes, je discutais avec les responsables pour connaître les derniers rebondissements à l'intérieur du « bocal », puis je prenais l'antenne à dix-neuf heures.

Contrairement à ce que l'on pourrait penser, et bien que je sois curieux de savoir ce qui se passait à l'intérieur, je n'ai jamais essayé de sympathiser outre mesure avec les lofteurs. Je suis resté distant, d'autant que je ne tenais pas à ce que l'on me reproche de vouloir récupérer leur succès à mon profit. Eux seuls étaient les vedettes. J'ai notamment refusé de faire des photos avec les candidats et je n'ai jamais donné d'interviews avec eux. J'ai maintenu jusqu'à la fin une neutralité conviviale, me tenant à l'écart des polémiques et des scandales.

Finalement, le seul scandale de l'émission a été la révélation de l'enfant de Loana. Lorsque j'ai appris la nouvelle en arrivant au studio, tout le monde semblait catastrophé. Moi, j'ai éclaté de rire. La production, réunie au sommet, tentait de trouver une solution ! Le règlement était formel : les candidats du Loft devaient être célibataires et sans enfant à charge. Le cas de Loana était complexe, car elle était en passe de devenir une héroïne nationale. Le débat avait pris une telle ampleur que *Match* en avait fait sa couverture. En définitive, il s'est révélé que Loana n'élevait pas sa fille elle-même, donc elle n'était pas en contradiction avec le règlement, donc elle pouvait poursuivre le jeu ! Toutes ces péripéties alimentaient la polémique et maintenaient les taux d'écoute à leur maximum.

Malgré les multiples attaques dont j'étais l'objet, je conservais la barre. Je me suis souvent demandé ce qu'aurait pensé ma grand-mère. Il est certain qu'elle n'aurait pas apprécié ce programme ni son principe, mais je reste convaincu qu'elle se serait intéressée au phénomène. Du reste, plus le Loft allait à son terme, plus le ton de la presse s'adoucissait. Il ne s'agissait que d'un spectacle d'un genre nouveau. Personne n'avait été contraint ni humilié dans cette affaire et ceux qui avaient été les plus virulents se retrouvaient ridiculisés par la disproportion de leurs menaces et de leurs alarmes. J'ai eu plaisir à découvrir dans la revue de presse, à trois jours de la fin du Loft, un article de *Libération* en forme de mea-culpa. « Chapeau, Castaldi ! écrivait David Dufresne. On lui a tiré dessus à balles réelles pendant deux mois, et il n'a pas bougé une oreille. » Avec humour, il terminait son article ainsi : « Les morts de fatigue te saluent bien ! Sacre de l'empereur, jeudi prochain à vingt heures cinquante ! » Cette dernière émission, au moment de la sortie de Loana, était suivie par treize millions de téléspectateurs : une audience de demi-finale de Coupe du monde de foot ! Nous étions entrés dans l'histoire de la télévision. Il y aurait maintenant un avant et un après le Loft ! Je terminai la soirée en larmes dans ma loge avec Thomas Valentin : nous avions vaincu !

# 12

– Il faudra tout se dire...

Cette phrase a hanté ma vie. Prononcée par ma mère, le jour de la mort de la sienne, elle resta pendant de nombreuses années comme une énigme suspendue au-dessus de mon existence. Je me creusais la tête pour tenter de comprendre ce qu'elle voulait me faire avouer. Lui dire quoi ? Il ne me vint jamais à l'esprit que c'était ma mère qui voulait me dire quelque chose ! Il nous fallut plusieurs années de malentendus, de déchirements, d'affrontements, de réconciliations pour qu'enfin elle puisse expulser la souffrance de son corps avec autant de violence qu'elle en avait mis à me donner la vie.

Mes rapports de jeune adulte avec ma mère furent marqués d'une incompréhension quasi permanente. Ce n'est pourtant pas faute de tentatives d'explications ni de dialogues. Bien au contraire, j'entretins – et j'entretiens toujours – avec ma mère une conversation quotidienne, excepté les temps de grandes brouilles où nous communiquons en silence.

Déjà enfant, ma mère me faisait remarquer nos différences d'éducation. J'étais perçu et traité par sa propre mère comme elle ne l'avait jamais été. Mamie avait élevé sa fille « à la dure » avec, me semble-t-il, une petite touche de sadisme. Elle s'est longtemps plainte de l'éducation spartiate que Simone avait instaurée à Autheuil : elle faisait son lit puis celui de la bonne, mangeait à la cuisine avec les domestiques, passait son temps dans les champs comme une petite campagnarde, voyait rarement sa mère qui tournait et voyageait beaucoup. Je caricature à peine. Ce numéro de pauvre petite fille riche, élevée dans un château de mille cinq cents mètres carrés, vivant entre New York et Saint-Paul-de-Vence, m'agaçait profondément. Effectivement, la vie que je menais à Autheuil aux côtés de Mamie contrastait avec celle de ma mère. Je l'ai longtemps soupçonnée de jalouser ces faveurs dont elle avait été frustrée dans son enfance. Aujourd'hui, je crois comprendre les maux qui se cachaient derrière tout ça et qui sont finalement bien plus graves.

Et si maman n'avait cessé d'appeler au secours...

Elle n'a jamais caché qu'elle avait été sevrée d'amour maternel, trouvant auprès de la belle-sœur de Montand une affection dont elle était privée. Quant à moi, je n'ai jamais senti le moindre manque d'amour. Ma mère m'aimait et je n'eus jamais, depuis ma plus tendre enfance, aucun doute à ce sujet. C'est aussi avec ma mère que j'appris que les mesquineries ne sont pas absentes des passions les plus exclusives. Après sa séparation d'avec mon père, elle l'accusa de négligence envers moi, épisode douloureux comme il en existe dans toutes les familles séparées. Dans un costume de cow-boy, debout sur une chaise, collé à l'œilleton derrière la porte, j'attendais vainement sa visite. Il m'assura plus tard que ce n'était qu'invention de ma mère pour le culpabiliser et que la visite était prévue un autre jour... Qu'importe, je n'oublierai jamais les sorties au Jardin d'acclimatation avec lui qui, à l'époque, complètement fauché, ne comptait pourtant pas pour faire plaisir à son petit garçon. Je subissais le chaud et froid ambigu des passions que soufflait sur moi une mère exclusive et malheureuse.

La naissance de ma sœur Clémentine détourna pendant un moment l'attention de ma mère. Pour cette raison je manifestai à la nouvelle venue tout mon amour fraternel, ce qui emplissait ma mère de bonheur. J'y trouvais la paix et la tranquillité ! Tout cela n'était qu'escarmouches. Les choses se gâtèrent sérieusement à l'adolescence. Mes rapports avec ma mère s'envenimèrent au fur et à mesure que je devenais un homme. Tout était prétexte à conflit. Pour un garçon, en ces périodes de troubles, affronter l'image maternelle est un élément du développement. Mais là, ça dépassait l'entendement ! Cette période coïncida avec la mort de Montand. Elle tenta de m'imposer cette autorité, nouvellement et chèrement acquise, d'une manière assez maladroite. La générosité de ma mère est bien réelle mais assortie d'une faiblesse : la crainte que ses bienfaits ne soient pas appréciés à leur juste valeur. Ainsi, lorsqu'elle hérita, à la mort de Mamie, me combla-t-elle de cadeaux... qu'elle menaçait de me reprendre à la première incartade. Lors d'une altercation, elle voulut me confisquer la voiture qu'elle m'avait offerte pour mon baccalauréat : « Descends de cette voiture, tu rentres à pied ! Cette voiture, c'est moi qui l'ai payée ! » Je le compris plus tard, son agressivité résultait d'une profonde détresse.

À cette époque, nos relations, extrêmement tendues, allèrent jusqu'à la rupture. C'est alors que je me rapprochai de Montand tandis que lui s'éloignait ostensiblement de sa « Cathou ». À la lumière de ce que j'appris plus tard par les Roux, grands amis du couple Signoret-Montand et propriétaires de La Colombe d'or, il est vraisemblable que l'éloignement entre Montand et ma mère coïncida avec le rapprochement qu'il effectua vers moi. Ce lieu mythique avait hébergé les secrets de notre histoire familiale. J'en aurais la confirmation quelques années plus tard.

Montand connaissait les tensions qui existaient entre ma mère et moi, et s'il n'essaya jamais de les envenimer, il ne fit rien non plus pour nous rapprocher. Ce n'est qu'a posteriori que je me suis interrogé sur cette rupture entre lui et ma mère après la mort de Mamie. Jusqu'alors leur complicité était telle que ma mère acceptait de « couvrir » ses infidélités. Elle poussa l'abnégation jusqu'à accepter Carole. Était-ce une vengeance vis-à-vis de Simone Signoret ou une étonnante subordination à son père adoptif ?

Les rapports entre Mamie et ma mère n'avaient pas été très harmonieux. Ma mère était malheureusement une héritière dans tous les sens du terme. Elle avait tout hérité : la beauté et une étourdissante ressemblance, qui la desservirent plus qu'elles ne l'aidèrent dans sa carrière. Lorsque la « fille de Simone Signoret » voulut se lancer dans le cinéma, elle ne reçut pas de ses parents l'aide qu'elle pouvait en attendre. Ma mère ne manqua pas de me rappeler cet épisode du tournage d'*Étoile du Nord.* Elle espérait un rôle mais ce fut Fanny Cottençon qui l'obtint. Maman s'en étonna auprès de Simone, qui lui répondit avec une parfaite mauvaise foi : « Ce n'est pas moi qui décide ! »

Lorsque Montand ou Signoret jouaient dans un film, ils avaient plus que leur mot à dire sur le choix de leurs partenaires ! D'autant qu'ils ne cessaient de prodiguer leur soutien à leur entourage. Ma mère ne fut pas dupe et en voulut à Simone de ne pas lui avoir vraiment donné sa chance. Elle décida de se débrouiller seule, écrivit des pièces, fit du café-théâtre, devint même un auteur à succès... mais resta toute sa vie la « fille de Signoret ». Encore maintenant, lorsqu'on la reconnaît dans la rue, la première réaction est de la désigner ainsi. Et si, de surcroît, on s'avance vers elle en lui disant : « Vous savez, j'aimais beaucoup votre maman, elle nous manque énormément ! », ma mère répond d'une voix glaciale : « À moi aussi, merci ! » Cette attitude m'a souvent mis mal à l'aise. « Être la fille de Simone Signoret, ce n'est quand même pas être la fille de n'importe qui ! » avais-je l'habitude de répliquer. Maman se fermait aussitôt ou devenait carrément hystérique. Il me fallut du temps pour comprendre que le problème était là. Ce n'était pas l'actrice reconnue qui était en cause, mais bien la femme.

Pendant dix ans, nous avions eu la même interminable engueulade : « Tu ne sais pas ce que j'ai souffert, tu ne le comprendras jamais... ! » Cette souffrance supposée, brandie à chacune de nos altercations, me mettait dans une colère froide, que je traduisais par des mots qui dépassaient souvent ma pensée ! Après ces crises violentes, je tentais d'en comprendre les raisons. J'en étais arrivé à la conclusion que ma mère n'était pas douée pour le bonheur. En revanche, elle savait se montrer d'une dévotion absolue pour les autres, une sorte de sainte Blandine croisée avec un saint-bernard.

Ma mère est exemplaire dans les situations difficiles. Elle sait réagir aux drames de la vie, aux malheurs, aux deuils, aux accidents. Quand tout va mal, elle est formidable ! C'est une femme que l'on peut appeler à n'importe quelle heure du jour et de la nuit, pourvu que ce soit pour lui annoncer une catastrophe. Elle se montre alors disponible, généreuse, ne marchandant ni son temps ni ses efforts. Le malheur, elle sait le gérer parce qu'elle le connaît bien ! C'est sa manière à elle de panser ses propres plaies. Mais si les choses s'arrangent grâce à ses soins, il faut impérativement lui témoigner un surcroît de reconnaissance. Sinon elle en conçoit du ressentiment : « Voilà, on savait me trouver quand ça n'allait pas, maintenant que ça va mieux il n'y a plus personne ! » Ce qui pourrait témoigner d'un esprit étroit ne l'est pas, en réalité. Ma mère est une pure altruiste qui ressent viscéralement un mal-être lorsqu'on n'a plus besoin d'elle. Vraisemblablement parce qu'on ne lui a pas tendu la main lorsqu'elle en avait besoin. Trop de silences, trop de secrets, trop de non-dits ont meurtri sa vie.

Lorsque je revins de L.A. désespéré et ruiné par mon rêve américain, c'est vers elle que je me suis tourné. Elle m'évita la banqueroute et peut-être la prison. Elle se montra efficace. Cela peut paraître naturel, mais ce n'était pas si évident : j'étais majeur et j'avais fait mes conneries en parfaite connaissance de cause, négligeant ses avertissements et ses mises en garde. Elle me sauva la mise et certainement la vie : je n'aurais pas supporté que la honte s'ajoute à l'humiliation. Je lui en serai toujours reconnaissant.

En revanche, elle fut aussi à la source d'un épisode assez humiliant de ma vie professionnelle. C'était juste après le Loft. Invité dans une émission sur les médias à Canal +, j'étais interrogé sur la manière dont j'avais perçu l'émission et vécu les multiples rebondissements et avatars qui avaient pimenté les douze semaines de diffusion. Confortablement installé sur l'énorme succès du Loft et sur la certitude que j'avais tout vu, tout lu et tout entendu à ce propos, je ne redoutais aucune question. Et lorsque la journaliste me demanda ce qu'avaient pensé mes parents de l'émission, je répondis sans méfiance :

– Mon père pense que c'est bon, quant à ma mère elle donne rarement son avis.

– Eh bien, c'est ce que nous allons vérifier tout de suite. Nous avons interrogé Catherine Allégret sur le Loft.

– Je suis passée de la consternation à la tristesse, dit ma mère en direct. Tant qu'à faire, je trouve qu'ils ne sont pas allés assez loin dans l'ignominie ! Je suis un peu restée sur ma faim ! C'est le nivellement par le bas : ils sont allés chercher les plus nazes d'entre les nazes ! À partir de là, le présentateur devient victime de son produit ! C'est vrai que je l'ai poussé à y aller. Benjamin a sauvé sa peau et il s'en est très bien sorti avec tout ce que j'aime chez lui, un certain recul et beaucoup d'humour. Mais maintenant, il faut sauter du train en marche !

Puis, elle s'adressa directement à moi :

– Benjamin, si tu m'entends, mon chéri, saute du train !

Je sentis le sang envahir mon visage, j'avais l'impression que j'allais tomber de mon tabouret. En quelques secondes, soigneusement sélectionnées et habilement montées par Canal +, ma mère exécutait le Loft et indirectement son fils à la mitrailleuse lourde.

Je ne pus que balbutier en guise de riposte : « J'espère que ma mère a vérifié le sens du mot ignominie dans le dictionnaire... », ce qui est un peu court, mais j'étais sonné. Ma mère m'avait déjà signifié à plusieurs reprises le mal qu'elle pensait de cette émission. Comme elle en disait de toutes mes prestations ! Mais je ne m'attendais pas à ce qu'elle le fasse publiquement, en utilisant ce langage de procureur. Je lui en voulus de cette interview et restai plusieurs jours sans lui parler ! Comme toujours, je me suis réconcilié avec elle...

Et puis, il y eut son absence à mon mariage avec Flavie, conséquence d'un triste malentendu qui tourna au drame passionnel. Ma mère et moi avions eu un sérieux clash quelques semaines auparavant et me déclara au téléphone :

– Je viendrai à condition que l'on règle nos comptes une bonne fois pour toutes !

La notoriété que nous conférait notre métier rendait plus qu'illusoire l'hypothèse d'un mariage intime. Nous décidâmes donc d'en faire une fête avec énormément d'invités. Jean-Louis Remilleux avait mis gentiment son magnifique château à notre disposition. Pour éviter le harcèlement des paparazzis, nous avions convié des photographes à la cérémonie.

En attendant, j'avais emmené Flavie à La Colombe d'or sur les traces de mes grands-parents. Les Roux nous avaient installé dans la chambre de Simone, celle qui donne sur la piscine. Une intense émotion et un grand bonheur m'avaient étreint ce jour-là. Nous partagions, Flavie et moi, un moment privilégié. Elle me demanda d'appeler ma mère. « Tu ne peux pas rester fâché avec elle alors que nous sommes si heureux ! Téléphone-lui. » Et, au nom de l'amour qui avait uni mes grands-parents, dont je voyais une résurgence dans celui que je portais à Flavie, je me résolus à appeler ma mère.

Je souhaitais sincèrement me réconcilier avec elle et j'étais prêt à tout faire pour qu'elle assiste à notre mariage. « Allô, maman. C'est moi. Je sais, il y a plein de problèmes entre nous, mais je veux te dire un truc spontané, direct : maman, je t'en prie, viens à mon mariage ! J'ai besoin que tu sois là. C'est le mariage de ma vie, je suis amoureux, je suis heureux : viens s'il te plaît ! »

Ce jour-là, je n'ai pas su trouver les mots qui auraient pu la décider. Je savais pourtant qu'elle s'était préparée à la fête et que, pour l'occasion, elle avait déjà choisi sa tenue. Le tailleur resta chez Sonia Rykiel et maman resta sur son canapé, à pleurer. Je l'ai attendue toute cette journée, sa place était réservée partout : elle est restée vide.

Je m'interrogeai sur cette absence. Je ne pensais pas qu'elle voulait fuir les photographes, ni qu'elle jalousait une pseudo-notoriété. Cette version me paraissait simpliste et, connaissant l'intelligence et la sagacité de ma mère, je ne pouvais y souscrire.

Je décidai d'en avoir le cœur net et décrochai mon téléphone pour avoir cette explication qu'elle semblait appeler de ses vœux. Je ne m'attendais pas à ce qui allait suivre et je me demande toujours si j'ai bien fait de provoquer cette confession ! La conversation démarra selon les conventions habituelles entre nous. Je lui reprochai de m'avoir fait sciemment de la peine en refusant de participer à un événement qui engageait ma vie et qu'elle ne se conduisait pas comme une mère. Elle enchaîna aussitôt sur les souffrances qu'elle avait endurées et qui ne s'arrêteraient jamais. Je commençai à m'échauffer, j'en avais par-dessus la tête de ses jérémiades perpétuelles sur sa prétendue souffrance, alors qu'elle était plutôt moins à plaindre que certaines ! Ce que je lui dis sans mâcher mes mots ! Et c'est alors que ce qu'elle me révéla me fit l'effet d'une bombe, me laissant les oreilles bourdonnantes et sans voix : « Tu ne pourras jamais comprendre, mon petit Benjamin : sache que j'ai prié, quand je t'attendais, pour que tu sois un garçon et surtout pas une fille ! » Puis elle me révéla crûment et sans détour que Montand n'avait pas toujours eu avec elle l'attitude que l'on attend d'un beau-père. Que cette situation avait perduré, au vu et au su de beaucoup de gens de leur entourage. Qu'elle avait essayé de le dire et que personne ne l'avait écoutée ! Elle ajouta que sa propre mère avait balayé le problème en le parant de romantisme. Cela avait depuis lors empoisonné son existence.

Je restai interloqué.

Certes Montand n'avait jamais été un mari, un père, un beau-père et un grand-père exemplaire. Il était Yves le Magnifique. Il était Yves Montand. Mais je comprenais enfin les conséquences qu'avait eues cette histoire pour ma mère. Le poids d'une culpabilité massive avait déformé la qualité de ses rapports avec les autres. Le poids du secret qui avait entouré ces relations n'avait fait qu'amplifier son sentiment d'isolement. Cela faisait des années que ma mère hurlait et je l'entendais pour la première fois.

Inutile de dire qu'il me fallut du temps pour encaisser ces révélations qui bousculaient mes schémas habituels. J'étais, à mon tour, dépositaire du secret qui avait bouleversé la vie de ma mère.

Je ne voulais pas qu'il empoisonne la mienne.

J'avais terriblement besoin d'analyser la situation afin d'éviter que, pour d'obscures raisons, j'en arrive à développer un stupide sentiment de culpabilité. Quant à l'image que j'avais de Montand, elle ne pouvait pas en ressortir intacte. Il y avait longtemps que je savais à quoi m'en tenir sur les relations qu'il entretenait avec les femmes. Il avait pris soin de faire mon éducation à ce sujet lors de nos longues conversations à la Roulotte. Mais en l'espèce, il s'agissait de ma mère.

J'ai pensé d'abord renoncer à l'écriture de ce livre. Les anecdotes que j'avais rassemblées, les comportements et les détails que j'avais pointés prenaient une tout autre signification après ce que ma mère avait résolu de me dire. Il me semblait que les personnages, leurs réactions et la vision que j'avais d'eux changeaient. En vérité, il n'en était rien ! C'est l'éclairage qui avait varié, et comme disait toujours Montand : « Il ne faut pas sacraliser. »

J'avais entamé la rédaction de cet ouvrage pour clarifier la nature de mes relations avec tous ceux qui avaient accompagné ma vie. Il devenait comme une sorte de psychothérapie dont les relations tumultueuses avec ma mère constituaient la pierre d'achoppement. Eh bien, il était encore plus nécessaire que j'aille au bout de mon histoire, de notre histoire.

Maintenant, il faudra tout se dire...
Maintenant, je sais,
Maman, je connais ta souffrance et je partage ta douleur. Tu n'es plus seule.
Je t'aime.

# Épilogue

*par Catherine Allégret*

La première fois que j'ai reçu ces pages (en pleine figure), je n'ai pas résisté au plaisir de les annoter, y ajoutant çà et là des commentaires ironique du style : « Mon pauvre chéri... », « Non !... » ou bien encore : « Décidément on a tout faux !... » Et puis je me suis calmée, reléguant ma propre mémoire et mon orgueil de mère à la place que tu leur avais dévolue, avec cette vision toujours fascinante pour le témoin qui se retrouve alors le voyeur ébahi de sa propre histoire : celle d'un autre parcours, faiblement éclairé par les lueurs d'un passé révolu.

Faibles, les lueurs du passé ? Pas si sûr.

En me replongeant avec calme, patience et tendresse sur tes écrits, j'y ai découvert une vertu essentielle : celle du ressenti. Une notion qui induit forcément une qualité primordiale : l'honnêteté. On pourrait longuement polémiquer sur la date ou l'heure de tel ou tel événement, sur le temps qu'il faisait ce jour-là, sur le vêtement porté ou bien encore sur ce qui emplissait nos assiettes... Peu importe. La mémoire est un muscle fragile. Mais plus fragile encore est le souvenir. Je veux dire la trace laissée, celle que l'on ne veut pas abîmer ou celle que l'on veut garder intacte dans SA mémoire. N'y touchez pas, elle est fragile... C'est la tienne et je la respecte.

Et puis il y a cette révélation terrible que je t'ai faite, une révélation qui sans aucun doute choquera les uns, excitera la curiosité malsaine des autres et qui, dans tous les cas, ne passera pas inaperçue. À l'heure où je t'écris ces lignes, je sais, parce que nous en avons longuement parlé ensemble, qu'il ne tenait qu'à moi que ces choses ne soient pas écrites, que nous pouvions surseoir ensemble à ce sacrifice.

Eh bien non. L'urgent était de savoir guérir. Toi de tes questionnements obscurs et moi de cette douleur tristement à la mode depuis que les enfants qui ont survécu à une telle honte ont enfin le droit à la parole.

À ceux qui seraient tentés de s'emparer de la nouvelle pour noircir du papier, je voudrais dire ceci : quelle que soit ma douleur, je suis vivante et j'ai pardonné. C'est mon histoire, je ne veux plus en parler, et je le répète, je suis vivante, et bien vivante puisque tu es né et que Clémentine est née.

Mon fils, tu m'as libéré du poids de la honte, de celui qui vous étouffe et vous submerge de toute la force de son silence. Il faudra tout se dire...

Lorsque j'ai prononcé ces paroles, il n'y avait aucune arrière-pensée, aucun code à décrypter. Rien qu'une triste et banale réalité : je venais de perdre ma mère et nous venions à peine de commencer à nous parler, elle et moi. Pas nous confier des secrets, mais parler simplement. J'ai juste eu le temps de lui dire que je l'aimais et de comprendre qu'elle aussi m'aimait, vraiment. Il restait encore beaucoup à faire et à se dire...

Nous, nous avons déjà pris beaucoup d'avance et avec ce livre c'est une autre vie qui commence.

Encore un mot :

Moi aussi, je t'aime.

*Composition Nord Compo*
*Impression BCI en avril 2004*
*Editions Albin Michel*
*22, rue Huyghens, 75014 Paris*
*www.albin-michel.fr*

*ISBN 2-226-16297-6*
*N° d'édition : 22421. – N° d'impression : 041923/4.*
*Dépôt légal : mai 2004.*
*Imprimé en France.*